EL
TEMPLO
DEL
CORAZÓN

EL TEMPLO DEL CORAZÓN

LOLA SORRIBES

DIEZ PASOS PARA RECUPERAR EL AMOR

KEPLER

Argentina – Chile – Colombia – España
Estados Unidos – México – Perú – Uruguay

Deseo que este libro inspire a millones de personas maravillosas en todo el mundo a superar los procesos relacionados con rupturas y separación, y les ayude a encontrar su TEMPLO DEL CORAZÓN para que sean plenamente felices.

Índice

Sinopsis

Cuando Patricia se instala en México con su marido, no imagina que, al cabo de un tiempo, será traicionada y abandonada por él y su vida cambiará. Tampoco imagina que ese será el inicio de una aventura exterior e interior que la llevará a descubrir un poder largamente oculto.

En medio de pirámides y chamanes, de pueblos ancestrales y de montañas sagradas, mientras va en busca del misterioso Templo del Corazón, Patricia seguirá un camino de sanación que la llevará a descubrir los secretos del alma humana.

LOLA SORRIBES es psicoterapeuta, naturópata, homeópata y experta en metafísica. Su propia historia es un relato de superación personal, marcado por unos inicios muy adversos. Hoy Lola posee su propia marca de cosmética natural y lleva treinta años ayudando a las personas a potenciar su salud y su calidad de vida y a expandir sus conciencias. Después de publicar el libro de autoayuda *De bien en mejor* (ed. Urano), *El Templo del Corazón* es su primera novela inspiracional.

A fuego lento

Hay algo místico y reconfortante en la cocina de una casa. Dicen que el director de cine Stanley Kubrick pasó los últimos años de su existencia sentado cerca de los fogones, conversando con su esposa sobre la vida y sus misterios.

Durante aquel invierno en que me convertiría en exploradora, también yo tuve como cuartel de campaña una cocina de México DF. En la planta baja de nuestro hogar en los Jardines del Pedregal, me sentaba a contemplar cómo el café de olla hervía a fuego lento, mientras la anciana Rosita, mi cocinera, preparaba los alimentos en concentrado silencio, como un monje entregado a un ritual sagrado.

Se podría decir que Rosita, de origen maya, formaba parte del caserón que habíamos alquilado con mi marido al trasladarnos a la capital mexicana, después de dejar Barcelona.

Encontrar una vivienda en aquella ciudad de varios millones de habitantes había sido ya toda una aventura. El agente de la inmobiliaria nos había conducido a través del tráfico caótico para mostrarnos chalets en barrios con más seguridad que una embajada europea. Después de mucho mirar, llegamos a Las Candelas, una vieja mansión donde había pasado gran parte de su existencia el dueño de una cerería del DF recientemente fallecido. Los hijos habían decidido alquilar la propiedad y aquel día nos había mostrado la casa Rosita, la cocinera, que prestaba aquel último servicio a la familia propietaria.

Mientras mi marido, Carlos, examinaba con ojos críticos la instalación eléctrica y las cañerías, yo tuve curiosidad por saber sobre aquel hombre que, además de fabricar velas y cirios, había llenado la mansión de imágenes religiosas, tapices indígenas y extraños amuletos que no habían sido retirados del lugar.

—¿Cómo era el dueño de esta casa? —le pregunté a Rosita.

—Don Mario era una persona con mucha luz —me contestó ella.

Tuve que contener la risa ante la mirada dulce y profunda de la cocinera, que no había querido hacer ningún chiste. Por sus ojeras profundas, supe que había llorado mucho a ese hombre que, por lo que nos había explicado el agente inmobiliario, había enviudado veinte años atrás y, una vez casados sus hijos, había decidido permanecer en la casa familiar con la única ayuda de Rosita y una limpiadora eventual.

—Si venimos a vivir a Las Candelas, ¿le gustaría quedarse aquí, con nosotros? —le pregunté de repente.

Mi marido se giró sorprendido ante lo que acababa de proponer a Rosita. No tanto porque hubiera decidido ya que aquel sería nuestro hogar, como por querer mantener a la anciana sirvienta, en lugar de contratar a alguien con más juventud y energía.

—Será un gusto, señora —repuso Rosita—. Llevo tanto tiempo aquí que soy como un mueble más de esta casa. Ya no pertenezco a ningún otro lugar.

Una semana más tarde, nos instalábamos en aquella finca donde pasaría los mejores momentos de mi vida, y también los peores.

Carlos y yo pasamos unos primeros meses de ensueño, acomodándonos a la casa y descubriendo juntos los rincones más bellos del país. Sin embargo, cuando ya llevábamos un tiempo en México, lo ascendieron y empezó a viajar muy a menudo y a trabajar más de lo normal. Si no estaba en Monterrey, se hallaba en Guadalajara o en Cancún visitando clientes, o se quedaba en su oficina de la avenida de los Insurgentes hasta altas horas de la noche. Algunas veces, cuando el chófer de la empresa le traía de vuelta, yo estaba ya durmiendo y ni siquiera alcanzaba a charlar con él por la mañana, ya que antes de las siete se levantaba de nuevo y, tras un café y una ducha rápida, salía corriendo hacia nuevas reuniones.

—Si sigues con este ritmo, caerás enfermo —le dije un domingo mientras él repasaba en casa los balances del banco para el que trabajaba—. Duermes menos de cinco horas al día.

—No necesito más —me aseguró tras besarme en la frente—. Y tengo tanto trabajo que necesitaría días de cincuenta horas para llegar a todo.

¡Cómo extrañaba a aquel Carlos cariñoso y detallista que siempre tenía tiempo para mí! Recordaba los ratos compartidos en Barcelona, cuando venía a casa a comer al mediodía y disfrutábamos de nuestra complicidad y nuestro amor, culminado habitualmente por el ritual de la siesta donde dábamos rienda suelta al deseo y la pasión que sentíamos el uno por el otro... Cómo extrañaba también aquellos primeros meses en México, cuando encontrábamos momentos para nosotros...

«Cuando se adapte al ritmo del nuevo cargo todo volverá a ser como antes», me repetía yo, procurando estar siempre arreglada y sexi cuando él llegaba a Las Candelas.

En contraste con las idas y venidas de Carlos, yo podía estar días enteros sin salir de la vieja mansión, donde seguía dando clases de lengua para extranjeros por Skype, como hacía en Barcelona. Aunque Carlos tenía un sueldo fantástico, tratar con mis alumnos me permitía estar activa y trabajar en algo que me hacía disfrutar y que era mi pasión. El resto de la jornada me dedicaba a leer o a poner orden en la casa, donde siempre encontraba algún nuevo hallazgo de su luminoso propietario.

A media mañana bajaba a la cocina para contemplar a Rosita mientras ella preparaba moles poblanos, quesadillas y huevos rancheros. Cuando la comida estaba lista, comíamos juntas y yo le preguntaba cosas sobre su infancia.

La anciana cocinera se extendía en los relatos familiares de sus abuelas y otros parientes. Sin embargo, cuando yo trataba de indagar sobre el solitario dueño de Las Candelas, Rosita me daba respuestas vagas, sin entrar en detalles ni chismes. Atribuí aquella discreción a una profunda lealtad hacia el antiguo propietario, con quien debía de haber compartido cientos de charlas en aquella misma cocina, y aquello me hizo confiar totalmente en ella. Así que pronto se convirtió en mi amiga y confidente, y a veces casi en una madre que me daba consejos. Aunque esto último no lo hacía muy a menudo, enseguida aprendí que merecía la pena prestar toda la atención a sus palabras, pues, cuando abría la boca, era para lanzar una observación certera y largamente meditada.

La primera vez que fui consciente de que algo no marchaba bien en mi matrimonio, Rosita y yo tuvimos una conversación que recordaré siempre.

—Hace un mes que no tengo intimidad con mi marido —me atreví a sincerarme.

Ella me dirigió una mirada atenta como toda respuesta.

—Soy consciente —le dije con tristeza— de que su cargo actual implica muchas responsabilidades, pero le veo tan poco que últimamente me pregunto qué hago aquí. La vida de Carlos sería exactamente la misma si yo regresara a Barcelona.

—Pues es importante que usted descubra qué ha venido a hacer aquí, señora —dijo Rosita tomando el hilo de mis palabras.

—Soy la esposa de Carlos, Rosita —me apresuré a contestar—. Amo a mi marido más que a nada en este mundo, lo he seguido hasta aquí porque mi lugar está a su lado.

La cocinera tapó con cuidado el puchero que había empezado a hervir y luego dijo:

—Me está hablando de su esposo, pero no de usted. Sé que hace semanas que se siente sola, lo veo en su cara y en la tristeza de su mirada, pero quizás el sentido de su estancia en México tenga también que ver con usted y con vivencias que el destino le tiene preparadas. —Entonces, me tomó las manos sin dejar de mirarme a los ojos y dijo—: Déjeme que le platique acerca de las enseñanzas que allá en mi pueblo recibí sobre el conocimiento sagrado maya. Nuestros ancestros nos mostraron que todas las personas debemos retornar a la verdadera sabiduría y descubrir el propósito de nuestra existencia, para ello debemos saber que todo lo que nos ocurre esconde una oportunidad para aprender y avanzar en nuestro propósito de vida.

Las sabias palabras de Rosita me dejaron sin aliento, yo siempre había pensado que las cosas nunca suceden por casualidad, pero que mi anciana cocinera fuera la encargada de recordármelo me hizo pensar que tampoco era casualidad que, justo en ese momento que estaba viviendo, ella, con su sabiduría ancestral y sus cuidados, estuviera conmigo. Algo bueno debía de haber hecho yo en otra vida para ganarme el privilegio de tener un ser tan especial a mi lado, pensaba.

—Quizás tarde un tiempo en descubrir por qué ha venido a este país —insistió ella—, pero de momento la soledad le puede revelar algo igual de importante.

La interrogué con los ojos a la vez que me llevaba una taza de café a los labios.

—Antes o después, todo el mundo debería preguntarse quién es —prosiguió Rosita—. Y no me refiero a ser la esposa de alguien, por muy importante que sea. Tampoco al trabajo con el que llenamos los días. Yo soy cocinera, pero no solo cocino los alimentos que ahora hierven en el puchero. ¿Me entiende?

—Creo que sí… Entonces, ¿el abandono al que me somete Carlos sería una oportunidad para descubrir quién soy? —Me quede en silencio unos instantes pensando en cuánta razón albergaban las palabras de Rosita. Sin embargo, añadí con un tono un poco irónico—: Pues tendré que agradecerle a mi marido todo lo que me está sucediendo.

—Tendrá que agradecerlo, sin más —repuso Rosita—. Allá en el Mayab acostumbramos a agradecerlo siempre todo. Ya que, según la tradición, en el momento en que dejamos de hacerlo, el sol se esconde y aparecen las tinieblas.

Un descubrimiento inquietante

Había pasado más de un año desde nuestra llegada a México y ya me había familiarizado con el modo tan especial de vivir de los habitantes de la capital, siempre dispuestos a tomar un desayuno o una copa para entregarse a la pachanga y el cotorreo, como ellos llaman al intercambio social que tanto les gusta y al que rinden un culto especial.

Me había adaptado también a la exuberancia del país, a los colores, los sabores, las plantas… Había aprendido a disfrutar y recrearme con la visión de los indígenas con sus coloridos trajes típicos, con los diversos y profundos aromas de las verduras y las frutas de los mercados, y con la variada y creativa artesanía de sus regiones.

Y podía decir que también me había resignado a las ausencias de Carlos, que seguía desaparecido incluso durante algunos fines de semana para visitar las filiales en otros países latinoamericanos. No es que me gustaran sus idas y venidas, pero ya me había acostumbrado a ellas y, para no enterrarme en Las Candelas como su antiguo propietario, empecé a acudir a eventos y a conocer gente nueva.

En esa época conocí a Bárbara, una mujer soltera de unos cincuenta años con quien coincidí en un acto benéfico y que se convirtió en mi mejor amiga en la ciudad. Y también hice migas con un par de esposas de ejecutivos que provenían de «la madre patria», como a veces se refieren los mexicanos a nuestro país, y con ellas comentábamos lo dulce que era la gente en el DF, con sus voces cantarinas y las largas veladas de charla y copas, que contrastaban con la irritación que se percibía en el tono de la gente en Europa, donde todo el mundo tiene siempre mucha prisa y parece disgustado.

De vez en cuando, si mi agenda de clases *online* me lo permitía, me escapaba con alguna de mis recientes amigas a visitar las maravillas de México y pasábamos un par de días por los callejones encantadores de Taxco, la ciudad de la plata, o bien nos desplazábamos hasta las magnéticas pirámides de Teotihuacán, que parecían vibrar desde tiempos arcaicos. Un sentimiento especial de arraigo y pertenencia al lugar me invadía cada vez que visitábamos los monumentos precolombinos; me encantaba sentarme a meditar debajo de algún árbol al resguardo del tórrido sol mexicano y conectar con la maravillosa energía que emanaba de aquellos lugares sagrados. Y también me fascinaba la mezcla del arte prehispánico y de la arquitectura colonial, con sus edificios de piedra rosa que, al ser tocados por la luz del sol, parecían castillos encantados.

Sin embargo, algo me decía que aquella plácida calma pronto tocaría a su fin y que debería enfrentarme a una iniciación que el destino tenía prevista para mí. Quizás Rosita tenía razón y mi viaje a tierras mexicanas no era para nada casual…

Un viernes por la noche que, como de costumbre, esperaba el regreso de mi marido, decidí adecentar una buhardilla donde el fabricante de velas había guardado cajas llenas de figuras y reliquias que esperaban su turno para ocupar algún rincón, pared o estantería de la casa.

Tras sacar el polvo a una caja de madera, la abrí con cuidado. Al extraer su contenido, un escalofrío me atravesó la espina dorsal: una calavera amarillenta, con incrustaciones de brillantes alrededor de las cuencas de los ojos, parecía sonreírme de modo burlón.

Antes de devolverla a la caja, le di la vuelta con una mezcla de aprensión e intriga y me sorprendí al descubrir en el cráneo una inscripción, en idioma antiguo, quizás en tolteca, bajo la cual había la traducción:

A este mundo venimos a dormir,
venimos a soñar,
porque no es verdad.

no es verdad,

que hayamos venido para vivir la realidad.

(Anales de Huejotzinco)

Palabra de los Antiguos

Admirada ante aquel hallazgo, no advertí que alguien había entrado en la buhardilla y me observaba con una mirada tan vacía como la de mi reciente hallazgo.

—¡Carlos! —exclamé sorprendida.

—¿Qué haces aquí? —me preguntó con voz inexpresiva.

—Curioseaba. ¿Quieres ver esto? —dije en referencia a la calavera—. Me gustaría saber qué significa este mensaje.

—En otra ocasión —me cortó—. ¿Me acompañas a la habitación?

Asentí, preocupada por la actitud enigmática de Carlos, y lo seguí hasta nuestro dormitorio.

—¡Buenas noches! —dijo una voz estridente desde el salón.

—Parece que Nicasio se va a dormir —bromeé en referencia al loro que nos habían regalado una semana antes unos amigos.

Carlos no me respondió. De pie frente al ventanal, permanecía erguido, sin quitarse la americana, como si observara algo en el estrellado firmamento que envolvía aquella ciudad gigantesca.

Me descalcé sobre la alfombra y me dispuse a desvestirme antes de ir al baño de la habitación. Entonces, un fogonazo de intuición me hizo detenerme. Mi radar interior me indicaba que algo grave sucedía, aunque yo aún no alcanzaba a imaginar qué era.

Carlos seguía allí, pensativo, con la mirada fija en la noche, sin manifestar el motivo por el que me había hecho acompañarle a la habitación.

Tratando de hablar de forma natural, me acerqué a él, le pasé la mano por la cintura y, con voz suave y cariñosa, le pregunté:

—¿Has tenido un mal día en el banco?

—No —dijo sin dejar de darme la espalda—. Allí sigue todo en orden.

Por alguna extraña razón, todo mi cuerpo se puso en alerta.

Le di un beso en la mejilla, pero no se movió. Fue entonces cuando noté un olor distinto que no había percibido nunca en él. Era una mezcla de alcohol, sudor y perfume de mujer.

El fin

No sé cuánto tiempo estuve inmóvil. Esa mezcla de olores nuevos para mí me había bloqueado a dos centímetros de aquel hombre que de repente se comportaba conmigo como un extraño.

Me había quedado muda mientras mi corazón se agitaba sin control. Mientras los dos contemplábamos la noche desde el ventanal del dormitorio, un torrente de adrenalina se mezclaba en mi sangre, mis manos empezaron a sudar y todo mi cuerpo empezó a temblar.

En apenas unos instantes, por mi mente cruzaron un montón de pensamientos a la vez. Mi parte racional me decía que no me alarmara hasta que supiera qué había sucedido. Seguro que aquellos indicios que me habían puesto en tensión tenían una explicación que pondría fin a las películas que ya se estaban proyectando en mi mente.

De repente, Carlos suspiró y atravesó la habitación con paso tranquilo para meterse en el vestidor donde cada víspera se desvestía.

Tenía que armarme de valor, lograr salir de mi parálisis e ir tras él, tenía que saber qué estaba pasando. Así que respiré profundamente y me dirigí también al vestidor. Abrí la puerta muy despacio y, empleando el tono más tranquilo que pude, le pregunté:

—¿Ha pasado algo, cariño? Te encuentro muy extraño.

Me acerqué para besarle. Tenía ganas de sentir su amor y su calor para que mitigaran mi incertidumbre, pero él se apartó levemente a la vez que giraba la cara. Mis labios apenas alcanzaron a rozar su piel, donde de forma inequívoca volví a percibir aquel perfume de notas dulzonas que no identificaba con él.

De repente se dirigió a mí y me dijo:

—Patricia, me he enamorado de otra mujer.

Al oír sus palabras, mi estado de tensión y ansiedad se multiplicó por mil, al tiempo que sentía como mi corazón se rompía. Un puñal invisible se había cebado con mi corazón, que sangraba de dolor y desesperación. Sin darme tiempo a reaccionar, Carlos siguió hablando en un tono que me lastimaba y hería más; lo hacía fríamente, como si lo hubieran despojado de cualquier sentimiento de amor y compasión hacia mí.

—Quiero formalizar mi nueva relación con ella.

Hablaba como si nada de lo que me estaba diciendo tuviera importancia.

Yo no podía creer lo que estaba oyendo, estaba en *shock*, y me decía para mis adentros que lo que estaba oyendo tenía que ser una broma. Tras más de diez años de amorosa y profunda relación de pareja, sin una sola discusión, no podía ser que todo lo que nos había unido y los sentimientos que siempre había tenido hacia mí se hubieran esfumado de repente.

Él se acabó de abrochar el pijama sin mostrar ni un ápice de ternura o comprensión. Se había convertido en otra persona.

Aun así, encontré un poco de arrojo en mi interior para rebatirle:

—No entiendo lo que me dices, Carlos. ¿Por qué me hablas así?

—Pues lo he dicho bien claro, Patricia —respondió sin un ápice de emoción—. Me he enamorado de otra mujer y quiero formalizar mi relación con ella.

Escuchar aquella frase fatídica por segunda vez, y de una forma tan fría y contundente, fue como si hubiera recibido un mazazo que me sacudió de la cabeza a los pies, amenazando con derribarme en cualquier momento.

«Tiene que ser una broma», me repetía, «una broma macabra con la que mi marido quiere ponerme a prueba.»

Carlos caminó hasta la cama y se sentó en el borde, poniendo las manos sobre las rodillas. Pese al desgarro que sentía en mi corazón y al temblor que se había apoderado de mi cuerpo, logré sentarme a su lado y le propuse:

—Ya hablaremos mañana de todo esto, cariño. Ahora abrázame, por favor. Me encuentro muy mal…

Su respuesta fue la estocada final:

—No puedo abrazarte, Patricia. Sentiría que la estoy traicionando. No quiero serle infiel.

Dicho esto, ante mi estupor, se tumbó en su lado de la cama y se cubrió con la colcha sin dirigirme una sola mirada. Me dio la espalda y, un minuto más tarde, estaba ya profundamente dormido.

Sentada, inmóvil, lo miraba una y otra vez, y no lograba salir de mi asombro.

Aquella cama que había sido testigo tantas veces de nuestro amor, donde habíamos compartido tanta pasión, ternura, charlas y risas, era ahora como una balsa a la deriva en un naufragio.

Nunca hasta ese momento había entendido la expresión «se me rompió el corazón en mil pedazos». Y eso era exactamente lo que yo sentía. Como si me hubieran desgarrado el corazón. Cada parte de mi cuerpo había perdido su sentir habitual, como si me encontrara muerta en vida.

Me dolía el alma.

Incapaz de pensar ni de moverme, mi estomago se cerró y sentí deseos de vomitar, pero no me moví del lugar, no podía reaccionar.

Yo estaba allí a su lado, mirando como dormía con un sentimiento de irrealidad. Todo mi ser quería despertarle, hablar con él, hacerle saber todo el daño que iba a causar aquella decisión, no solo a mí, sino a todas las personas que nos querían. Deseaba zarandearle y hacerle reaccionar hasta que me confesara que todo aquello era una broma o una alucinación producto del alcohol.

En mi fantasía, Carlos abría los ojos justo entonces y me tomaba de la mano para decirme que olvidara todo lo dicho, que nada iba a cambiar y que nuestra vida seguiría siendo como siempre, que me abrazaría como tantas veces y que nuestros cuerpos se fundirían una vez más para culminar el amor que sentíamos el uno por el otro.

Pero Carlos seguía plácidamente dormido, ajeno a todo lo que yo estaba viviendo, a mi dolor, a mi angustia, a mi desesperación.

Como una autómata, utilicé la poca energía que me quedaba para bajar hasta el salón, donde las reliquias del maestro cerero me observaban desde las sombras de forma misteriosa.

De pie en la penumbra y, por primera vez en años, junté las manos y empecé a rezar. Pedí a Dios que me ayudara a través de una única pregunta repetida una y otra vez: «¿qué tengo que hacer?».

Transcurrido un tiempo que no sé si fueron segundos o minutos, una fuerza extraña e invisible se apoderó de mí, me puse un jersey que reposaba sobre el respaldo de una silla, tomé las llaves de la casa y abrí la puerta.

Una vez en la calle, con las estrellas como única compañía, empecé a andar.

Un nuevo amanecer

Todo mi cuerpo gemía para exigir aire fresco en aquel momento de colapso y desesperación. Necesitaba moverme y recordar que, a pesar de todo, estaba viva, deseaba salir de aquel espacio que hasta hacía unas horas había sido mi feliz hogar.

Si me quedaba en casa, tenía miedo de empezar a gritar, de perder la cordura y volverme loca.

Aquella calle privada estaba totalmente desierta a esa hora de la noche, exceptuando la garita de seguridad hacia la que me dirigía como un ser sin voluntad.

Envuelta por el suave invierno mexicano, mientras caminaba me llegaba el lejano aroma del agave, una especie de cactus con el que se elabora un fuerte licor que se sirve en las cantinas. De haber tenido una botella a mano, me dije, la habría bebido sin compasión, como quien traga un veneno con el fin de desaparecer para siempre.

En medio de aquellos pensamientos, avanzaba compulsivamente, ajena al escenario de casas lujosas donde las familias felices soñaban con un nuevo día. Sumida en el vértigo y la estupefacción, crucé el control de la calle privada sin tomar conciencia de los peligros que corría una mujer sola y joven en una ciudad como México DF.

En mi mente solo se repetía mi plegaria una y otra vez, esperando una respuesta: «¿Qué tengo que hacer? Dios mío, no me abandones en este momento. Necesito una guía, una señal».

No sé exactamente cuántas horas estuve caminando sin rumbo, deambulando por las oscuras calles de la ciudad. Solo recuerdo que la claridad del día me sorprendió y que, con la llegada del amanecer, una frase se iluminó en mi mente de forma clara y nítida: «Voy a superar esta situación. Esto no va a poder conmigo». Aquella determinación se convertiría en mi chaleco salvavidas.

Al regresar a la urbanización, el vigilante de nuestra calle levantó la mano, preocupado, desde su garita. No tenía ganas de hablar con él, como solía hacer desde que nos habíamos instalado en Las Candelas, así que me limité a levantar la mano como saludo mientras regresaba a aquel reducto de seguridad dentro de la gran ciudad.

Abrí la puerta de casa con la sensación de hallarme, de repente, en un lugar extraño. Tras lo sucedido la última noche, lo que había sido mi hogar me parecía ahora una mansión decrépita donde se exponían las ruinas de mi matrimonio.

Desbordada por los últimos acontecimientos, había resuelto dejar la situación en manos de esa energía superior que otras veces me había ayudado en mi vida, que no había estado libre de obstáculos y padecimientos. Sin embargo, tras haber dejado todo mi mundo para acompañar a mi marido, a mi amor, a «hacer las Américas», me sentía más dolida, desnuda y vulnerable que nunca.

Tal vez por la fatiga de pasar toda la noche en vela, al atravesar el salón una inesperada calma y serenidad se apoderaron de mí. Por unos instantes, sentí como si un bálsamo celestial hubiera sido vertido por encima de cada una de mis heridas.

Sabía que, sin duda, aquellas heridas volverían a abrirse, pero en aquel momento de máximo desafío me sentía más fuerte y serena.

De la cocina me llegaba el ruido de cacharros de Rosita e incluso el lento fragor de la olla de café, como una bestia que se va desperezando lentamente. Antes de ir a saludarla, corrí todas las cortinas para que la luz solar tomara posesión de aquel salón que pronto sería demasiado grande para mí.

Un montón de pensamientos y conjeturas brotaban de mi mente sin control. Por un lado pensaba que podría reconquistar a mi marido poniendo en marcha un plan de seducción femenina, por otro lado sentía que tal vez siempre había estado sola al lado de Carlos y que lo que acababa de suceder era el final lógico de una pareja con fines distintos.

Decidida a actuar con normalidad, me disponía a pasar a la cocina para tomar mi desayuno cuando vi bajar a Carlos de nuestra habitación.

Se había duchado y vestido con una camisa juvenil de color rosa y un pantalón beige claro que le sentaban muy bien. A diferencia del resto de mañanas, no parecía tener prisa alguna por ir al trabajo. Hacía buena cara, como si estuviera contento de haberse sacado un peso de encima.

En cualquier otro momento, me habría dejado llevar por la frustración y la tristeza, pero aquella lúcida fatiga me permitió dirigirme a él desde la calma. Sin embargo, antes de que yo pudiera abrir la boca, dijo:

—Después de lo que hablamos anoche, pienso que lo más lógico será que busque un apartamento y me traslade allí en cuanto lo tenga. Es mejor en esta situación que sea yo quien abandone la casa.

Dicho esto, me miró a los ojos como si buscara mi aprobación.

Ninguna disculpa ni explicación. Ningún remordimiento por haber roto de un plumazo nuestra historia de amor y haberme arrastrado a casi diez mil kilómetros de casa para empezar una nueva vida en México, por no haberme dado ni siquiera su compasión y comprensión a la hora de comunicarme la fatal noticia, ni siquiera permitirme hablar del porqué de toda aquella sinrazón.

En lugar de explotar, como habría hecho cualquier mujer en mi lugar, tras mi epopeya nocturna, en mi mente solo había un pensamiento muy claro que verbalicé sin dudar:

—Lo que tengas que hacer, hazlo pronto. Cada minuto que pases en casa será una tortura para mí, sabiendo que tu corazón y tus pensamientos pertenecen ya a otra mujer.

A mí misma me costaba creer que le estuviera diciendo aquello, y Carlos no parecía menos sorprendido, ya que me miró y dijo:

—Tú lo has querido.

Y, sin decir nada más, subió de nuevo las escaleras.

Haciendo un enorme esfuerzo por mantener la calma, fui tras él y, mientras miraba cómo llenaba una bolsa de deporte con algunos de sus enseres, le pregunté:

—¿Qué diremos a nuestros amigos? ¿Y a nuestra familia? ¿Cómo vamos a explicarles esto?

—Diciendo la verdad —se limitó a responder Carlos—. Tendrán que entenderlo.

Quien hasta el día anterior había sido mi marido se comportaba como un ser sin sentimientos. Parecía como si los años de felicidad que habíamos vivido juntos se hubieran desvanecido.

Estaba a punto de desmoronarme ante su frialdad cuando, antes de salir por la puerta, se giró un instante y dijo:

—Cuando tenga el apartamento, volveré a por mis cosas.

Con aquellas palabras apenas murmuradas ponía fin a diez años de relación y sueños compartidos.

No fue hasta que desapareció detrás de la puerta y de mi vida que tomé conciencia de lo que acababa de sucederme.

Me había quedado sola.

En estado de *shock*, me dejé caer sobre una silla y volví a rezar:

—Dios mío, no dejes que me hunda ahora. Dame tu aliento y tu inspiración, necesito saber qué hacer con mi vida, al menos el día de hoy.

Unos pasos breves y suaves procedentes de la cocina me indicaron que se aproximaba Rosita. Cuando, sin preguntarme nada, su mano ajada por el tiempo se posó sobre mi hombro para confortarme, sentí que el embalse que contenía mis emociones se rompía definitivamente y empecé a llorar desconsoladamente.

Dos poemas desesperados

Pasé más de tres semanas sepultada bajo un alud de desconsuelo y de sentimientos de dolor. Mis pensamientos se movían entre una posible reconciliación y un futuro incierto en soledad. Las noches en aquella cama, demasiado grande para mí, se me hacían eternas y apenas lograba dormir más de diez minutos seguidos, pues de inmediato me desvelaba con escenas de lo vivido con Carlos.

No había tardado en averiguar que la mujer por la que había tirado a la basura su vida conmigo era su secretaria, una joven de origen brasileño llamada Samara. La conocía un poco, porque había estado en Las Candelas más de una vez, repasando con mi marido temas pendientes antes de algún viaje o convención. En aquellas ocasiones, se había mostrado conmigo muy delicada y encantadora, lo cual hacía la traición aún más dolorosa.

Samara era la típica mosquita muerta que, ocultando sigilosamente su ambición, va ocupando espacios para trepar siempre más arriba. Y mi marido había caído en su trampa de seducción.

Ahora sería ella la que tendría todas las atenciones y el amor de Carlos. Estarían viviendo su período rosa, probablemente hasta que ella encontrara a alguien más poderoso que él dentro de la escala de mandos intermedios que había en el banco.

Esa clase de pensamientos me robaban el sueño y la paz. Durante el día, me arrastraba por la casa sin fuerzas para hacer nada, bajo la mirada atenta y cuidadora de Rosita, que me alimentaba con caldo de gallina y me acercaba chocolate caliente cada tarde a mi cuarto, donde pasaba las horas llorando y naufragando en aquel mar de tristeza y desesperación.

Aunque me descubriera en medio de un ataque de tristeza, la anciana cocinera no me hablaba para intentar hacerme entrar en razones. Se limitaba a estar allí, cercana y accesible, y a traerme tisanas y comidas reconstituyentes para mi cuerpo, ya que no veía de qué manera podía recomponer mi corazón destrozado.

Yo agradecía en lo más profundo aquella cálida distancia, ya que eran las peores semanas de mi vida y habría sido incapaz de pronunciar tres palabras seguidas sin romper a llorar. Todo lo que podía hacer era intentar dormir, sin lograrlo, y hacer conjeturas sobre Carlos y aquella mujer que había logrado arrancarme del corazón de mi esposo. El resto del tiempo lo pasaba leyendo poemas de los volúmenes que ocupaban una estantería del ahora solitario dormitorio. Dos de ellos resonaron hasta tal punto en mi interior que necesité anotarlos en mi diario, que llevaba semanas en blanco.

El primero, una estrofa de un poema de Góngora, que hace cuatro siglos ya decía:

> *Noble desengaño,*
> *gracias doy al cielo*
> *que rompiste el lazo*
> *que me tenía preso.*

Releía estos cuatro versos una y otra vez, tratando de convencerme de que lo que había sucedido era lo mejor para mí. Porque, ¿qué valor tenía una relación con alguien que, sin duda, me engañaba con su secretaria desde hacía tiempo?

Como decía el poeta, debería estar agradecida de que aquella mentira hubiera terminado por fin. Sin embargo, una cosa era lo que me decía la cabeza y otra muy distinta, el corazón, que solo tenía espacio para los lamentos y el dolor.

Otro poema, *La Canción Desesperada* de Neruda, describía a la perfección cómo me sentía:

Sobre mi corazón llueven frías corolas.
Oh, sentina de escombros, ¡feroz cueva de náufragos!
En ti se acumularon las guerras y los vuelos.
De ti alzaron las alas los pájaros del canto.
Todo te lo tragaste, como la lejanía.
Como el mar, como el tiempo. ¡Todo en ti fue naufragio!

Estaba releyendo estos versos, anotados en mi cuaderno, cuando Rosita abrió la puerta con suavidad pidiendo permiso para entrar.

Al mirarla, sentí que despertaba de un largo letargo y, al mismo tiempo, tuve miedo. En su mirada brillante leí que tenía algo que decirme. Algo importante. Sus palabras no tardaron en confirmar esta impresión:

—*Señito* —me dijo con voz dulce y cariñosa. Era la primera vez que Rosita se dirigía a mí con ese diminutivo—, le he preparado el desayuno. Creo que le sentara bien tomar un pedazo de torta de maíz que acabo de hornear y beber un café de olla con canela bien calentito. Eso la confortará. Baje conmigo y platicaremos juntas de lo que le está pasando.

—Claro —dije agradeciendo que mi anciana cocinera viniera a rescatarme de mi autoimpuesto cautiverio, y me incorporé de la cama para seguirla a la cocina.

El hecho de que Rosita me arrancara fuera del dormitorio, donde llevaba semanas encerrada, solo podía significar una cosa: quería despedirse y buscaba un lugar menos íntimo para darme la noticia. Aquel pastel en el horno era su manera de suavizar un trago que sería más amargo que el café de olla sin endulzar.

«Ella también me abandona», me dije mientras, con mi diario en la mano, bajaba los escalones tras aquella mujer menuda y energética. «Tampoco ella puede soportarme», pensé sintiendo una nueva estocada en mi alma, «o quizás la ha reclamado Carlos y se va a trabajar, con más sueldo, en su nuevo nido de amor con Samara».

Una vez sentada en la cocina, observé abatida como Rosita llenaba nuestras mejores tazas de porcelana con humeante café antes de sacar del horno un pastel que olía deliciosamente a maíz, lo cual no impidió que se me cerrara el estómago. Hacía días que no me encontraba bien y, aparte del bloqueo emocional, tenía unos fuertes dolores de cabeza que a veces me impedían dejar la cama y hasta me provocaban náuseas y vómito.

Con incertidumbre y no exenta de miedo, le pregunté a mi anciana cocinera qué quería decirme; solo pensar que ella se fuera de Las Candelas aumentaba mi tristeza…

Con una mirada dulce y un tono de voz que me pareció angelical, Rosita me agarró por los hombros y me dijo:

—Yo no tengo nada especial a hacer, señora, más allá de cuidar de esta casa y de usted. Pero, si me lo permite, me gustaría decirle que su coraje y entereza son muestra de que es usted una mujer valiente.

A esas alturas conocía bien a Rosita, y sabía que no solía decir nada que su corazón no sintiera. Aun así me atreví a preguntar:

—¿De verdad crees que soy valiente? Mírame, soy una sombra de lo que fui.

Ella misma se encargó de aclararlo:

—Cuando el señor se marchó, estaba convencida de que usted regresaría a su país con los suyos, pero se ha quedado aquí, en su casa. Y hace bien.

—No creas que no he pensado en marcharme, pero sigo legalmente casada con Carlos y, antes de irme, debería resolver esta situación —dije con resignación—. Sin embargo, necesito recuperarme un poco para sentirme capaz de visitar a un abogado.

—No es un licenciado quien va a ayudarla en lo que usted de verdad necesita, Patricia. Eso lo descubrirá usted por sí misma y en poco tiempo.

Tras esa frase, ambas nos quedamos en silencio, con la complicidad que solo dos mujeres solas en el mundo pueden tener. Fue en ese preciso momento cuando tuve la certeza de que Rosita sería una pieza clave en todo lo que yo debía aprender de los acontecimientos que estaba viviendo.

Primer paso: Deja de llorar

Me esforcé por hacer honor al pastel que había horneado Rosita mientras el calor de aquella cocina y de su compañía aliviaban mi interior.

«Así pues», pensé, «era Rosita quien creía que iba a abandonarla, regresando a Barcelona.»

Después de aquel inicio de conversación, yo misma me sorprendía de haber permanecido en Las Candelas tras la tempestad que había arrasado mi vida, aunque mi actitud se había debido más al estado de *shock* en el que aún me encontraba que a mi valentía.

Rosita me sirvió una nueva taza de café humeante y, dirigiéndome una mirada dulce y profunda, me dijo:

—Yo también sufrí del mal de amores y el desengaño en mi juventud, aunque de eso hace ya tanto tiempo… recuerdo que el desánimo y la tristeza se apoderaron de mí y fue entonces cuando mi abuela, que era una de las mujeres que formaban parte del Consejo del pueblo, me agarró por su cuenta y empezó a enseñarme de poquitos en poquitos el camino para que mi ánimo y alegría regresaran a mi corazón.

Mi anciana y cada vez más querida cocinera no dejaba de sorprenderme. Intrigada le dije:

—Y ¿qué debería hacer ahora, Rosita?

—Dejar de llorar. Lleva muchos días entregada al llanto y la lamentación, *señito*, es algo bueno y necesario en un principio, pues las lágrimas son la forma que tiene el espíritu de limpiar su corazón, ellas simbolizan el dolor que abandona su cuerpo. Pero ha pasado ya suficientes semanas llorando la pérdida. No se bañe más en ellas, Patricia, no deje que se apoderen de usted la complacencia y la queja.

—Que el señor se haya ido con otra y haya abandonado la casa es una de las cosas más duras que me ha tocado superar —le dije mirándola a los ojos.

—Lo sé, *señito*, pero ahora toca mejorarse y caminar hacia su recuperación, ¿no le parece? Llorando no logrará que el señor Carlos regrese y el llanto minará sus fuerzas. Debe afrontar la realidad, pensar que el señor en este momento está obcecado y ciego por otra mujer y que para nada está pudiendo valorar cuánto lo quiere usted y su relación de tantos años.

Asentí dándole la razón en silencio, con una mirada que dejaba muy claro que había entendido su mensaje. Y, mientras sorbía el café, di gracias a la vida por haber puesto a aquella sabia anciana en la casa, convertida en mi nave salvadora en medio del naufragio.

—Tienes toda la razón, Rosita, pero no puedo evitar sentirme desgraciada.

—Para dejar de llorar, debe cambiar por otros los recuerdos que la llevan de la nostalgia y la tristeza al dolor y la rabia. Don Mario, que como le expliqué el día que nos conocimos era alguien con mucha luz, decía siempre que entregarse a la autocompasión no es bueno, que para salir de un pozo hay que tener pensamientos positivos.

—¿Qué clase de pensamientos? —pregunté esperanzada.

—Quizás pensar que no vale la pena entregarse a las lágrimas por alguien que en estos momentos no la ama a usted, *señito*. Cada vez que se sienta mal, ocúpese en mantener este pensamiento en su cabeza. Así alejará la tristeza y, poco a poco, sentirá que le duele menos lo sucedido y las fuerzas volverán.

No sé si fueron las palabras de Rosita, el pastel de maíz o el dulce café de olla, o quizás las tres cosas a la vez, pero sentí cómo un rayo de esperanza me motivaba a coger mi diario y a empezar a escribir, no solo la frase de Rosita, sino algunas más que brotaban de mi interior con el firme anhelo de mejorarme:

No voy a llorar más por alguien que no me valora.
No voy a llorar más por alguien que me ha dejado por otra.
No voy a llorar más por alguien que no valora la familia.
No voy a llorar más por alguien que en estos momentos está pasándolo
bien con otra.

—Para superar este trago amargo, debe hacerse fuerte como una guerrera, *señito*.

—¿Como una guerrera?

—Mientras se ocupe usted en quejarse, su espíritu se debilitará y las cosas empeorarán. Debe dejar de compadecerse y cambiar las lágrimas por decisiones que la lleven a vivir la vida que merece.

—Suena muy bien todo lo que me dices, Rosita, pero... ¡me parece todo tan difícil! —confesé—. Hace casi un mes que Carlos se fue y, en lo más profundo de mí, aún espero que regrese. Tengo que quitarme ya esa idea de la cabeza, lo sé.

—Confío en su capacidad, y usted, *señito*, debería también hacerlo. La he observado todo este tiempo y me atrevo a decirle que es más fuerte que el cerro de la Silla que está en mi pueblo, ese cerro lleva años allí y ni las lluvias, los terremotos o las tempestades han podido con él. Debe andar en dirección a su nueva vida, Patricia. En eso es en lo que debe ocuparse ahora —me dijo mientras servía media taza más de café a cada una—. Lo que sucede es que aún no se ha dado cuenta de ello. Cuando deje de llorar, por difícil que le parezca, estará ya en ese camino que la conducirá a sentirse mejor y a encontrar la solución.

En la calidez de aquella cocina, me di cuenta de que dentro del cuerpo menudo y curvado por el tiempo de Rosita se ocultaba una poderosa luz. Así que, saltándome el protocolo que suele haber entre la señora de una casa y su cocinera, la abracé para agradecerle sus palabras. Tras soltarla, le dije:

—Creo que, además de la tristeza por lo que he perdido, tengo otra enemiga que me corroe por dentro, Rosita.

—¿Qué otra enemiga?

—La rabia. Cuando no estoy llorando, de repente me despierto llena de furia hacia él por lo que me ha hecho. En esos momentos sería capaz de hacer cualquier cosa y me avergüenzo de mí misma, pero no puedo evitarlo.

—Tome un poco más de pastel, *señito*. Voy a contarle algo que aprendí hace muchos años.

Respiré hondo a la vez que hundía la cuchara una vez más en aquel bizcocho dulce y esponjoso, y me dispuse a escuchar.

—La rabia y la tristeza son dos caras de un mismo dolor. Cuando sufrimos un desengaño o mal de amores, lo primero que sentimos es el fuego abrasador de la rabia, que se pone en las entrañas y que tiene siempre sed de odio y venganza.

Me pregunté en qué momento de su vida aquella dulce mujer habría experimentado rabia y, sobre todo, por quién.

—Después —continuó Rosita—, y de manera más sosegada, llega la tristeza y se instala en el corazón.

Conmovida por sus palabras, hice un esfuerzo por no llorar, pero una lágrima se escapó de mis ojos y resbaló por mi mejilla.

—¿Y qué podemos hacer para que se vaya?

—Lo primero y más importante, dejar de llorar —respondió ofreciéndome un pañuelo—. Porque al frenar el llanto se apacigua el fuego de la rabia, y ese será el camino para empezar a mejorar.

En este punto, Rosita esbozó una sonrisa y añadió:

—Ahora que sabe que la furia y la tristeza son una misma cosa, se me ocurre algo para que deje de llorar. Le va a sorprender un poco la idea, pero creo que le va a servir.

—Adelante, Rosita —dije llena de agradecimiento.

—Se trata de que se ponga todos los días la pasta negra que utilizan algunas mujeres para arreglar sus pestañas.

—¿Te refieres al rímel, Rosita? —dije asombrada, sin comprender muy bien a qué venía aquello. Rápidamente Rosita me lo aclaró.

—Si utiliza usted esa pasta negra y la pone en sus pestañas, cada vez que llore, sus ojos le arderán —sonrió pícaramente—, y esa será la señal para que deje de llorar.

—Vaya… pues voy a tener que empezar otro día, porque ahora mismo no tengo en casa.

—Pues ándele, Patricia, pida un taxi y vaya al centro a comprar.

Alguien inesperado

No fue hasta que el taxi abandonó la urbanización que me di cuenta: había estado encerrada en casa desde aquella noche triste en la que había vagado temerariamente por las calles del DF sumergida en mi dolor.

Entonces, mientras avanzábamos entre los pequeños bloques de vivos colores, empecé a notar que algo muy dentro de mí cobraba vida. Por unos minutos volví a sentir la vibración y la energía que emanaban de los árboles y de todas las cosas vivas que me rodeaban. Las conversaciones de la gente en la calle en medio del tráfico caótico cobraban una dimensión desconocida para mí, también sentía en mi piel la algarabía que salía de las cantinas y comercios intentando capturar la atención de los posibles clientes que andaban por las calles de la ciudad. Me sentía vibrante de energía y me encantaba recuperar esa sensación, aunque fuera solo por unos instantes.

Después de tres largas semanas de reclusión, presa de la tristeza, el dolor y la confusión, sentirme viva me llenaba de esperanza.

El taxi se detuvo delante de una perfumería en la que había comprado otras veces cremas y maquillaje.

Tras bajar del coche y pedirle al conductor que me esperara, crucé la acera y entré en aquella *boutique* colmada de productos de belleza. Una chica uniformada de aspecto adolescente me llevó hasta la sección del rímel y me explicó cuáles eran las últimas novedades en la materia. Enseguida perdí el hilo de lo que me contaba, así que, para salir del paso, elegí una de las marcas que me recomendaba y me dispuse a pagar.

—Puede usar nuestros tocadores para probar el producto —dijo con voz cantarina tras entregarme mi compra—. Están al fondo a la izquierda.

Caminé por inercia hasta una amplia sala donde un nutrido grupo de clientas hacían pruebas de maquillaje delante de los espejos y, al sentarme frente a uno libre, enmarcado por una hilera de bombillas encendidas como las de los camerinos de las estrellas, me asusté al darme cuenta de lo demacrada que estaba. Unas enormes bolsas oscuras bajo los ojos revelaban que había conocido mejores noches de sueño, mi piel había perdido el brillo y un mechón de cabellos grises me advirtió de que iba siendo hora de que pasara por la peluquería. Definitivamente, me había descuidado.

Si el truco de Rosita no me servía para dejar de llorar, me dije, al menos habría servido para mostrarme hasta qué punto me había abandonado.

Ya que estaba allí, probé el rímel que acababa de comprar y mis pestañas se curvaron graciosamente hacia arriba, dando un poco de frescura a mi mirada.

Un poco más satisfecha con mi aspecto, guardé el producto en mi bolso y crucé el amplio salón de la tienda de cosméticos mientras llamaba a mi peluquería para pedir hora.

Ya en la calle, anoté la cita para el siguiente martes en el bloc de notas de mi teléfono, sin percibir que había otros transeúntes caminando por la acera. Cuando quise darme cuenta, ya había chocado contra un hombre elegantemente vestido, que me sujetó por la cintura para evitar que me fuera al suelo. El impacto con él, sin embargo, hizo que se me abriera el bolso y parte del contenido salió despedido en todas direcciones, incluido el frasquito de rímel que acababa de comprar.

—No se apure, señora —se limitó a decir mi rescatador, en un suave acento extranjero, mientras se agachaba a recoger todo lo que había quedado esparcido por el suelo.

Contemplé agradecida cómo aquel hombre, que debía de tener mi edad, ponía en riesgo su traje de Armani para reparar mi estropicio.

Cuando devolvió lo que se me había caído a mi bolso, me fijé en que sus manos eran finas y delicadas como las de un aristócrata. Su discreto reloj Swatch, sin embargo, revelaba que no se trataba de una persona pretenciosa.

Me fijé también en que llevaba una alianza y pensé que la mujer a quien estuviera unido debía de sentirse afortunada.

—Compruebe que no le falte nada, por favor —me dijo en tono amable.

—Lo tengo todo, muchas gracias —repuse, avergonzada, sin detenerme a comprobar si me faltaba alguna cosa.

Luego atravesé la calle hasta llegar al taxi, que me estaba esperando para llevarme a casa y, aunque tenía ganas, no me giré a mirar al atractivo caballero que había evitado que me diera de bruces con la acera.

Cuando el coche volvió a arrancar, el chófer me miró a través del espejo central y dijo:

—No sé qué le han hecho, pero se ve usted muy favorecida, señora. Y disculpe el atrevimiento.

—Al contrario, muchas gracias…

El resto del viaje estuve mirando la calle bajo la luz de la mañana, ensimismada. A medida que me acercaba a Las Candelas, un sentimiento de angustia e inquietud se iba apoderando de mí sin que supiera del todo a qué obedecía. «Tal vez sea que no quiero regresar», me dije. «Al fin y al cabo ese caserón contiene mi historia con Carlos.» Y es que, aunque en las últimas semanas de nuestra relación mi marido no hubiese estado mucho en casa, aquel era nuestro nido de amor, el lugar donde le esperaba y donde compartíamos nuestros sueños, antes de que él lo abandonara subyugado por los encantos de su nueva amante. El solo hecho de pensar en eso hizo que mis resistencias vencieran. Dos lagrimones escaparon de mis ojos y echaron a perder el rímel. Al sentir el escozor en mi piel, tuve conciencia de que estaba llorando. Esa fue la señal de que tenía que parar.

—Tome un pañuelo, señora —me dijo el chófer a la vez que me ofrecía un paquetito de Kleenex.

Murmuré un «gracias» casi incomprensible y tomé uno de los pañuelos para, con la ayuda de un espejito, borrar el rastro de aquel último ataque de tristeza.

Segundo paso: Cuida tu aspecto

Pasé el resto de la mañana poniendo orden a los armarios y llenando dos grandes maletas con todo lo que pertenecía a Carlos. Mientras doblaba la ropa, un profundo sentimiento de añoranza se apoderaba de mí y llegaban a mi mente los buenos tiempos vividos con mi marido, sus caricias, sus besos y tantos momentos de complicidad que habíamos compartido. Sin duda todavía seguía queriendo a ese hombre, y el contacto con sus cosas y el olor de su ropa abrían la caja de mis sentimientos hacia él y, sin poder evitarlo, los ojos se me llenaban de lágrimas.

Cada vez que eso sucedía, me repetía: «no voy a llorar más por alguien que no me valora», y seguía haciendo mi labor como si me deshiciera de la ropa de un desconocido. Y de algún modo era así.

No tenía su nueva dirección, Carlos no me la había dado, pero no podía evitar pensar con cierta frecuencia dónde debía de estar viviendo su luna de miel con aquella mujer que había usurpado mi lugar en su corazón y en su vida. Podía mandar las maletas a su oficina, aunque quizás sería mejor guardarlas en el desván hasta que hablara con él del tema.

Al mediodía, comí medio plato de ensalada y, tras un café, dediqué la tarde a seguir trasteando por la casa. Trataba de ocuparme con cualquier cosa para que el manto de la ansiedad no me ahogara de nuevo.

Una de las consecuencias de lo que estaba viviendo era que había perdido totalmente el hambre. En apenas un mes había bajado casi diez kilos, y me sentía flácida y sin vigor. Definitivamente, nuestra repentina separación me había afectado mucho y, además de los dolores físicos y el malestar general, sentía como si una mano negra me hubiera colocado un tapón en la boca del estomago que me impedía comer.

A última hora de la tarde, de la cocina empezó a salir un delicioso y dulce olor a mole poblano. Rosita se entregaba a su arte de cocinar con la pasión de un escultor delante de una nueva pieza. Aun así, pronto sentí cómo el estómago se me cerraba de nuevo. Ya podían ponerme delante todas las delicias del mundo, que era incapaz de comer dos cucharadas seguidas.

Me dirigí a la cocina con un sentimiento de agotamiento, como si no pudiera soportar el peso del mundo sobre mis hombros.

Al verme llegar, la anciana cocinera tapó la olla que tenía al fuego y anunció:

—En media hora estará lista la cena.

—Gracias, Rosita, pero justamente bajaba a decirte que no tengo hambre. Siento náuseas y…

—Se lo ruego, señora. Siéntese a la mesa. Si es necesario, yo como por las dos mientras me acompaña.

—Claro, Rosita —dije agradecida por sus cuidados—, será un placer.

—Veo en sus ojos que ya ha dado el primer paso, y ¡lo celebro! Durante la cena, si le parece bien, le voy a platicar acerca del siguiente paso para liberarse de los males del desamor.

Rosita se volcó a continuación en terminar el guiso, concentrada como si le fuera la vida en ello. Su pequeño cuerpo se desplazaba de los fogones al mármol. Cortaba verduras y las iba dejando caer sobre un gran bol como una lluvia de vivos colores.

Mientras la observaba sentada a la mesa, me sentía bendecida y afortunada de estar bajo la protección y cuidados de aquella alma bondadosa y sabia. Sin embargo, no podría compartir con ella el placer de deleitarme con sus exquisitos guisos, realizados con tanto amor, porque unas migrañas cada vez más fuertes y persistentes se habían instalado en mi cabeza. Iban acompañadas de unas náuseas muy profundas, que no me abandonaban ni de día ni de noche y me provocaban tal malestar que directamente me tumbaban en la cama, sin poder hacer nada más.

Solo el cariño y la gratitud hacia Rosita me permitieron hacer acopio de todas mis fuerzas y resistir el impulso de volver a mi habitación. Me mantuve allí, en la cocina, esperando a que Rosita trajera las raciones de mole poblano.

—Está usted en los huesos —me dijo mirándome con preocupación—. Debería visitar a un doctor.

—Son solo los nervios, Rosita. No te preocupes —murmuré complacida por el amor y calidez que me transmitía mi cocinera—. Hasta esta mañana no he tenido fuerzas para salir a la calle, pero me he propuesto empezar a hacerlo. Seguro que así empiezo a estar mejor, ¿no crees?

Ella pareció no inmutarse con mi pregunta, sirvió el guiso y llenó dos vasos con agua de limón, una de mis aguas de fruta fresca preferidas. Luego se sentó delante de mí y, con una mirada que me impresionó, me dijo:

—Tiene que cuidarse más, *señito*, y no me refiero a salir de casa o a comer más para mejorar su salud, que eso también. Lo siguiente que tiene que hacer es recuperar las ganas de verse bonita, de sentirse una mujer hermosa. Y para que eso ocurra, deberá poner más empeño en mejorar su aspecto. ¿Ha vivido alguna vez con alguien que padeciera el mal del susto? —Ante mi mirada atónita, aclaró—: Depresión, lo llaman ustedes. En mi tierra lo llamamos «la enfermedad del susto», porque, según nuestra tradición, cuando una persona sufre en su vida un revés o desengaño muy grande, su alma se asusta y se va, y es entonces cuando el cuerpo, al verse despojado de tan valiosa pertenencia, se siente invadido por la tristeza y el desánimo más profundos. Para curar ese mal hay que lograr que el alma regrese de nuevo al cuerpo, y una de las maneras de conseguirlo es emplearse a fondo en tener buen aspecto. Recupere a la mujer hermosa que fue, Patricia, y no escatime los medios porque, cuando se mire en el espejo y le guste lo que vea reflejado en él, logrará que un pedacito de su alma perdida regrese, continuando así de poquitos en poquitos con su recuperación.

La sorprendente explicación de Rosita trajo a mi memoria una anécdota que no dudé en compartir con ella:

—Eso me ha hecho recordar que, cuando todavía vivía con mis padres, se instaló en casa un primo del pueblo. Había encontrado trabajo en una empresa de logística y vino a la ciudad para estar más cerca de su novia. Sin embargo, un buen día ella lo dejó para casarse con otro y mi primo cayó en una depresión de la que parecía imposible sacarle por mas consejos que le dábamos y visitas que hacía a los médicos. Se pasaba el día arrastrándose por la casa como un alma en pena, entregado a sus lamentaciones.

—¿Y cambió físicamente en esa época? —se interesó Rosita.

—Pues la verdad es que sí. Él siempre había sido uno de los chicos más guapos y apuestos del pueblo, e iba siempre muy bien arreglado, pues se sabía conocedor de que gustaba a las mujeres. Pero desde que le invadió «el mal del susto», como tú lo llamas, dejó de ducharse y podía pasar semanas con la misma ropa y sin afeitar. Solo se aseaba un poco cuando en la familia le amenazábamos con echarlo de la casa…

Rosita me escuchaba atentamente mientras daba buena cuenta de su plato de mole, que constaba de una pieza de pavo con arroz e iba acompañado de una elaborada salsa que incluía cacao, varios tipos de chile, jitomates, almendra y plátano. Aunque olía de maravilla, yo había sido incapaz de probar una sola cucharada.

Mi querida cocinera apoyó el cubierto sobre el plato y me dijo:

—La historia de su primo es muy ilustrativa, *señito*. Dejó de asearse y de cambiarse de ropa porque, a resultas del desengaño amoroso, ya no se gustaba y se veía incapaz de atraer a nadie. Por eso perdió las ganas de cuidarse. Es muy propio de las personas aquejadas del mal del susto. —Sus ojos pequeños y profundos se clavaron en los míos al añadir—: Por eso, después de parar el llanto, el segundo paso es volver a cuidar el cuerpo. En lugar de abandonarse, tiene usted que ser capaz de mirarse al espejo y apreciar lo que sus ojos ven en él. En pocas palabras: debe agradecer el cuerpo que la naturaleza le ha regalado.

—Yo me ducho y me cambio de ropa todos los días —musité—. Pero sé a lo que te refieres, Rosita. En estos momentos, me sucede lo mismo que a mi primo y me resulta imposible creer que pueda gustar a nadie.

—Antes que nada, deberá volver a gustarse a sí misma, señora. De momento no tiene que estar guapa para nadie más. Por cierto, que no le está haciendo los honores a mi mole… —protestó con una mirada reprobatoria, aunque luego siguió con su tema—: ¿Qué cambios cree que podría hacer ya mismo para estar más guapa y sentirse mejor?

Algo abrumada por su insistencia, empecé a enumerar medidas:

—Bueno, para empezar el martes tengo hora en la peluquería. Creo que un nuevo corte me sentará bien.

Rosita me sonrió y con su mirada y un gesto de su mano me invitó a seguir con mi lista...

—También podría apuntarme a un gimnasio para combatir la flacidez. Quizás esto me ayudará también a aumentar mi energía y a reducir las migrañas...

—Qué bueno, señora. Cuidarse más le hará recuperar el ánimo. Así, cuando se vea en el espejo, se sentirá más bonita y segura de sus encantos, y esa sensación, de poquitos en poquitos, la pondrá a usted en el camino de los milagros.

—¿De qué milagros habla, Rosita?

La vieja cocinera sonrió suavemente y respondió:

—Según nuestros antepasados mayas, cuando las personas aprenden a quererse y dejan de maltratarse a sí mismas, empiezan a sentirse y verse mejor, aumentando su valía también ante los ojos de los demás. Es solo con esta sensación de aceptación y armonía que las fuerzas benefactoras de la madre Naturaleza y todos los espíritus que la componen pueden interceder por nosotros y los milagros empiezan a suceder en la vida de las personas, *señito*.

En la habitación cerrada

Tras aquella inspiradora conversación con Rosita, los días siguientes los dediqué a relanzar mi imagen personal. La verdad es que mereció la pena gastar la cantidad de pesos que costaba ser atendida en una de las mejores peluquerías del DF, pues el peluquero me hizo un corte de pelo elegante pero con cierto atrevimiento que realzaba mis facciones y me hacía sentirme bien con mi imagen. Además potenció mi color de cabello haciendo que mi melena luciera más brillante y sedosa. Me gustaba lo que veía cuando me miraba al espejo, y esa sensación me hacía sentir bien. También me dediqué a visitar las tiendas más elegantes de la colonia Polanco y renové mi vestuario con algunas prendas de colores más vivos, que me ayudaban a aumentar mi ánimo.

Finalmente me apunté a clases de pilates en un gimnasio de la zona y aproveché para hacer nuevas amistades y relacionarme más, y así salir del ostracismo en el que me había metido durante las últimas semanas, en las que apenas me había puesto en contacto con mis amigos y familia, y en las que había derivado a todos mis alumnos a otros profesores. Era agradable asistir al gimnasio y tomar algo después con mis nuevas compañeras, aunque no consiguiera comer demasiado porque las náuseas y los dolores de cabeza me seguían asediando.

Estaba determinada a afianzar los dos primeros pasos para la curación que me había enseñado Rosita y, como sabía que las conversaciones con el espejo eran muy poderosas para recuperar la autoestima y quererme más, empecé a practicarlas a diario. Así, cada mañana, cuando me levantaba y me dirigía al baño, lo primero que hacía era mirarme al espejo y decirme con la mayor convicción posible lo hermosa que era, lo mucho que me quería y las experiencias bonitas que iba a vivir ese día, aunque solo tuviera por delante mis inspiradoras conversaciones con Rosita y algo de deporte.

Me hablaba mirándome fijamente a los ojos y, después de hacerlo, sentía que una fuerza muy sutil me invadía, permitiéndome empezar el día con un ánimo distinto.

Aquel cambio en mi manera de cuidarme me ayudaba a compensar una nueva tormenta que se había formado en el horizonte: abducido por su nueva amante, Carlos había dejado de pagar las facturas de la casa y tuve que recurrir a mis pequeños ahorros en Barcelona para costearlas.

Aun así, lo peor de todo es que continuaba sin tener apetito y todo lo que comía, mi cuerpo lo rechazaba. Además, los dolores de cabeza eran cada vez más fuertes e intensos. Me pasaba horas y horas tumbada en la cama y, pese a la tranquilidad que reinaba en Las Candelas, cualquier mínimo ruido me molestaba, así como la poca luz que atravesaba los ventanales.

Algunos días apenas podía salir de mi habitación y, si hacia acopio de voluntad para cumplir con las tareas de cuidarme y me iba al gimnasio o al salón de manicura, tenía que regresar apresuradamente para meterme en la cama, porque me sentía morir del malestar y agotamiento que me embargaban.

En aquellos días de desesperación, lo más preocupante era que todos aquellos trastornos iban acompañados de un deseo cada vez más fuerte de desaparecer del mapa, de acabar con todo. «Si te tiras por la ventana dejarás de sufrir», me susurraba una voz oscura que parecía instalada en mi mente.

Ni siquiera la perspectiva de regresar a Barcelona arrojaba un mínimo de luz en mi ánimo. No me sentía ni con fuerzas para volver sola a mi lugar de origen.

No me di cuenta de la energía tan densa que atestaba mi habitación hasta que una mañana recibí la inesperada visita de mi amiga Bárbara, a la que llevaba días sin mandar ni un mensaje.

Cuando abrió la puerta de mi habitación, después de que yo indicara a mi querida cocinera que la dejara subir, se quedó paralizada en el umbral al verme y exclamó:

—Patricia, ¿qué te pasa? ¡Te veo peor de lo que me temía!

—Es que estoy muy mal, Bárbara —le confesé sin alcanzar a abrir los ojos, pues cualquier brizna de luz que entraba por ellos multiplicaba mi dolor y mi malestar—. No sé qué me está ocurriendo.

Justo entonces rompí a llorar y mi amiga me pasó el brazo por el hombro a la vez que me preguntaba:

—¿Has llamado al médico?

En ese instante me di cuenta de que estaba tan fuera de mí que ni siquiera había pensado que pudiera tener algún problema físico de verdad.

—Vamos, vístete —me ordenó—. Te llevaré a mi médico de cabecera. Es de los mejores del DF, seguro que él te ayudará.

Sin voluntad para oponerme, hice lo que me pedía. En diez minutos estuvimos en la calle, donde nos esperaba un Mercedes azul de cristales tintados, con chófer. Bárbara era hija de quien había sido un alto cargo del Gobierno y aún mantenía un buen nivel de vida y algunos privilegios.

—En un rato tengo una reunión que se va a alargar cerca de la consulta —me anunció—, pero te voy a dejar con el doctor y mi chófer se encargará de devolverte a casa. Por la tarde te llamaré para saber cómo ha ido todo. Y, si necesitas algo, vengo esta misma noche. ¿De acuerdo?

—Te lo agradezco infinitamente, Bárbara —murmuré abrazando a aquella nueva benefactora.

—Ya me darás las gracias cuando te repongas —dijo con aquella mezcla de dulzura y firmeza que la caracterizaba—. Si es necesario, te arrancaré de las tinieblas.

Café Balmoral

Tras dos horas largas de examen por parte de aquel doctor alemán, que tenía la consulta forrada de diplomas y reconocimientos, este me hizo sentar al otro lado de la mesa y me dijo:

—Usted no tiene nada, señora. Al menos nada que pueda detectarse en las pruebas médicas.

—Entonces... ¿Todos estos dolores de cabeza? ¿Y las náuseas? ¿A qué se deben? —le repliqué intrigada.

—¿Ha sufrido de migrañas con anterioridad? —me preguntó, ajustándose las gafas de varillas metálicas.

—Nunca hasta ahora.

—Entonces, me atrevería a asegurar que su trastorno tiene un origen nervioso y emocional. Si le parece bien, me gustaría derivarla a un buen colega mío, psiquiatra de confianza, que le podrá hacer un diagnóstico y le recetará el tratamiento adecuado.

Acepté la tarjeta que me tendía y, tras firmarle un cheque con sus honorarios, salí de la consulta echa un mar de dudas y, por qué no decirlo, algo decepcionada. Tenía mucho respeto por la psiquiatría, pero en Barcelona había conocido a personas que se trataban por depresión y, años después de haberla medio superado, seguían tomando las pastillas, incapaces de dejar la medicación. Aquello no me convencía demasiado...

Una vez en la calle, me di cuenta de que estaba muy cerca del Café Balmoral y sentí un fuerte deseo de ir a tomar algo allí. Así pues, sin dudarlo un instante, me despedí del chófer de Bárbara, no sin antes agradecerle sus servicios y asegurarle que, para regresar a casa, tomaría un taxi en la parada del Hotel Sheraton, en cuya planta baja se encontraba la cafetería.

Mientras caminaba por los Campos Elíseos, me sorprendí a mí misma por querer regresar allí, al café, en vez de correr a encerrarme en mi habitación.

Lo atribuí a un ataque de nostalgia, pues aquel sitio había sido un punto de encuentro y de citas románticas con mi marido, y también con algunos amigos nuestros, sobre todo cuando recién habíamos llegado a México.

Al cruzar el umbral, por unos momentos sentí que regresaba a aquellos días de despreocupada felicidad, de desayunos y charlas entre semana con Carlos, amenizados por los exquisitos huevos Benedictine y el perfumado café mexicano, que habían sido mi bienvenida al Nuevo Mundo.

Todo en el Balmoral era cálido y elegante: las mesas de madera cubiertas por manteles blancos de hilo con bordados oaxaqueños; las finas tazas de porcelana inglesa ribeteadas en oro, que exaltaban el ritual del café; los cubiertos bañados en plata; las lámparas con pantallas de telas en colores suaves, que proporcionaban un ambiente acogedor y propicio a las confesiones íntimas; las ventanas de madera natural, con sus cortinas de encaje francés que, recogidas a los lados, recreaban un ambiente familiar y exquisito, y sobre todo las camareras, ataviadas con falda negra, blusa y delantal blanco, y su graciosa cofia para recogerse el cabello. Siempre solícitas y con su mejor sonrisa, dispuestas a atendernos y recomendarnos el desayuno más sabroso.

Todo en aquel lugar despertaba la parte venusiana que sin duda hay en mí. Esa parte que, según una carta astral que me habían regalado al cumplir los dieciocho, me inclinaba hacia lo hermoso y lo armónico, adjetivos que describían perfectamente el ambiente del establecimiento.

Al sentarme sola en una mesa cercana al patio, me di cuenta de que aquel ejercicio de nostalgia podía abrir la caja de Pandora de mis sentimientos, pero decidí armarme de fuerza y tomar un café y un pedazo de pastel de limón; lo hacían delicioso y sentí que mi estómago lo toleraría. Sin embargo, no había terminado todavía mi ágape, cuando de repente empecé a sentirme muy mal de nuevo, el mero ir y venir de las camareras me provocaba un mareo espantoso, y todo empezó a darme vueltas.

Temiendo que me fuera a desmayar en cualquier momento, saqué de mi monedero un par de billetes y los dejé sobre la mesa. Me disponía a levantarme para irme de allí cuando un hombre que tomaba el café en una mesa cercana levantó el brazo para llamar mi atención.

Necesité unos instantes para reconocer al caballero que había recogido el contenido de mi bolso a la salida de la perfumería hacía unos días.

Mi intención era saludarle brevemente antes de levantarme y correr hasta la salida, pero él se dirigía hacia mi mesa con su tacita en la mano.

—¿Me permite sentarme con usted? Estoy al lado de una pareja que está discutiendo y la situación es algo incómoda, ya me entiende.

—Por supuesto, de hecho yo iba a…

No terminé la frase. Aquel *gentleman* ocupó su asiento frente a mí y me dijo:

—Qué casualidad volverla a encontrar… —Pensé que, si me marchaba en aquel momento, lo tomaría como que me molestaba su presencia. Y, salvo por el hecho de que me sentía morir, lo cierto es que aquel hombre me producía justamente el efecto contrario: me gustaba.

Al mirarle con más calma, me di cuenta de que era realmente atractivo, con unos ojos azulones y un pelo castaño claro que enmarcaba unos rasgos angulosos muy masculinos y sexis.

La alianza en su dedo me decía que probablemente las atenciones que me prodigaba eran un claro acto de amabilidad, pues, no solo estaba casado, sino que en ambos encuentros me había visto en mis peores momentos. Pese a todo, se dispuso a darme conversación y, tras las presentaciones, Anthony, que así se llamaba, me dijo que tenía una empresa en San Diego que importaba plata mexicana, pero que llevaba una temporada afincado en México, donde le resultaba más agradable y barato vivir.

—¿Y su familia sigue en San Diego o ha venido a vivir con usted? —le pregunté por pura cortesía.

—Por favor, tuteémonos —me pidió—. ¡Solo tengo treinta y siete años! En cuanto a tu pregunta… no tengo familia.

Al californiano no le pasó por alto que mi mirada se había posado en su alianza de oro. Me dirigió una sonrisa triste y dijo:

—Mi esposa murió hace un tiempo, después de dos años luchando contra el cáncer. No llegamos a tener hijos. Supongo que ese es uno de los motivos por los que ya no quiero vivir en San Diego. Todo allí me recuerda a ella.

Una lágrima empezó a resbalar por mi mejilla sin poder evitarlo, y faltando al primer compromiso que había hecho Rosita.

Anthony sacó del bolsillo de su americana un paquete de Kleenex y me lo entregó con expresión preocupada.

—No era mi intención ponerte triste. Creo que hace tiempo que no soy una buena compañía para nadie. Lo siento.

—Por favor, soy yo quien soy una compañía desastrosa —le aseguré mientras me secaba el rímel, que se había vuelto a correr—. Además, no me encuentro nada bien.

—¿Qué te pasa? ¿Puedo ayudarte? —preguntó visiblemente sincero.

Sin entender por qué se tomaba tantas atenciones conmigo, le conté de forma precipitada lo que había vivido las últimas semanas y los terribles dolores y náuseas que me torturaban, acompañados de los no menos terribles pensamientos que se instalaban en mi mente con frecuencia.

Él me escuchó muy atentamente, sin interrumpirme en ningún momento. Esperó a que terminara mi inventario de síntomas y penas, y luego dijo:

—Lamento que estés viviendo todo esto, de verdad. En mi tiempo libre doy talleres de *mindfulness*, que es una forma moderna de practicar la meditación. Creo que te vendría bien para liberarte de los pensamientos negativos. Pero antes, si me lo permites, me gustaría que te viera don Julio.

—¿Don Julio? ¿Quién es? —le pregunté guardando el pañuelo—. Porque justamente vengo de un médico que, tras hacerme un exhaustivo examen, me ha dicho que no tengo nada.

—No es un médico normal lo que necesitas ahora mismo —afirmó con una mirada seria—. Espero equivocarme, pero creo que hay algo más allá de lo que me has contado, Patricia.

—¿Qué quieres decir?

—Él lo sabrá. Don Julio es un chamán tolteca que ha diagnosticado con mucho acierto a muchas personas a quienes la medicina tradicional no daba explicaciones ni resolvía su situación. Entre otros, tiene el don de la visión. Puedo acompañarte ahora mismo, si quieres, me gustaría hacerlo.

Abrumada y agradecida a la vez por tanta amabilidad, acepté su propuesta y le seguí hasta la salida del Café Balmoral, frente a la cual Anthony
había logrado aparcar su Jaguar deportivo. Caminaba con paso firme y, al
llegar a su coche, me acompañó hasta la puerta del acompañante, la abrió
para mí y no fue a su asiento hasta que no me hube sentado y hubo cerrado
la puerta.

De camino a la casa de don Julio, mientras él conducía y yo le miraba
sentada a su lado, algo me dijo que iba a recordar aquel día para siempre.

Don Julio

Después de pasar más de una hora atrapados en el tráfico del DF, llegamos a un barrio de las afueras en el que jamás me habría atrevido a entrar por mí misma. Había niños medio desnudos jugando por la calle, y muchos indígenas desocupados que fumaban y bebían sentados frente a casas que parecían hechas con piezas del desguace.

En una de aquellas viviendas humildes atendía don Julio.

Empujamos la puerta abierta y cruzamos un pasillo corto y estrecho que llevaba hasta un pequeño salón con dos sillas y un pequeño altar. Allí nos esperaba nuestro anfitrión, al que Anthony había llamado desde el coche.

De tez cobriza y ajada por el sol, me habría resultado imposible discernir la edad de don Julio. Podía tener setenta años o quizás solo cuarenta.

Siguiendo un gesto de mi nuevo salvador, ocupamos las dos sillas mientras esperábamos a que el chamán, sentado en cuclillas frente al altar, terminara una oración que estaba pronunciando en voz baja.

Acabada la plegaria, prendió un cono de copal y se giró lentamente hacia nosotros como lo haría un viejo animal cansado y bondadoso.

Cuando los ojos de don Julio se posaron en los míos, me sentí desnuda. Pero era una desnudez que no tenía nada que ver con el pudor, ya que trascendía el cuerpo. Entonces supe que el chamán estaba viendo dentro de mí, mucho más profundamente de lo que yo me habría atrevido a asomarme nunca. Ni siquiera necesitó que le dijéramos el motivo de la visita.

Tras saludarnos con un leve movimiento de cabeza, avanzó hacia mí sin titubear ni un instante y, sin dudarlo, me puso las manos en la cabeza, cerró los ojos y sentí como si absorbiera algo. Al mismo tiempo que mantenía sus manos sobre mí, inspiraba profundamente y exhalaba con fuerza, como si a través de su respiración estuviera aspirando la oscuridad y el mal que me invadían.

Estuvo unos minutos así, muy cerca de mí, y yo notaba el calor que despedían sus manos y todo su cuerpo. Eso me confortó y me calmó de forma sorprendente.

Después, sin retirar las manos de mi cabeza, habló al californiano:

—En la cocina hay sal marina y un paño de hilo blanco. Ya sabes lo que tienes que hacer.

Anthony asintió y fue a por lo que le pedía el indígena, mientras yo sentía en mi cuerpo una mezcla de bienestar y agitación.

Cuando regresó un minuto después, con el paño blanco y un bol de cristal lleno de agua con sal y una amatista enorme dentro, se lo entregó todo al chamán y se retiró prudentemente a su silla.

Don Julio sumergió entonces el paño en el agua salada y, una vez empapado, lo colocó alrededor mi cabeza. Luego sentí cómo ponía encima el mineral.

—Esto te ayudará, hijita. La sal es muy buena para limpiar la negatividad, y la amatista potencia esa limpieza.

Don Julio hablaba con voz suave y amorosa mientras iba remojando el paño y restituyéndolo sobre mi cabeza junto al mineral.

De repente, el dolor de cabeza y las náuseas que se habían intensificado durante el viaje a aquel barrio alejado, debido seguramente a los nervios, empezaron a remitir.

Al dirigir una mirada esquiva al recipiente, vi que el agua estaba totalmente negra, aunque me había lavado el pelo aquella misma mañana. Impresionada, me pregunté si estaba teñida por toda la negatividad que me estaba matando desde hacía semanas.

Finalmente, cuando consideró terminado el ritual, el chamán se alejó de mí. Y, tras entregar a Anthony el cuenco con el agua y el paño, le habló como si fuera su sirviente:

—Una toalla. Y el cepillo también.

Mientras me secaba el pelo y me peinaba un poco, don Julio empezó a explicar lo que había visto:

—Todo lo que usted padece y sufre en su cuerpo no es más que el reflejo de un trabajo de magia negra que le están haciendo —me dijo ante mi asombro—. Pero, por el momento, no puedo decir nada más, lo siento.

Vi como Anthony asentía ante las palabras de don Julio, mientras yo estaba en *shock*. Si no hubiese sido porque los síntomas que padecía coincidían con todo lo que el chamán relataba, no hubiera creído una palabra de lo que decía.

—Mañana por la mañana vendrá conmigo al Monte del Alma —me advirtió don Julio—. Es necesario. Lo de hoy ha sido solo un preliminar.

Impresionada y un poco asustada por su tajante orden, asentí con la cabeza mientras Anthony dejaba un par de billetes discretamente sobre el altar y me tomaba por la cintura.

—Allí estaremos, don Julio —le aseguró y, después de darle un fuerte apretón de manos, salimos hacia la calle.

Una vez en el coche, mientras era conducida a casa, necesité unos cuantos minutos para salir de mi aturdimiento. Cuando reuní fuerzas suficientes, le pregunté a Anthony:

—¿Por qué haces esto por mí?

—Porque lo necesitas y porque me apetece —dijo dibujando una sonrisa y sin dejar de mirarme a los ojos.

Me sentí turbada por sus palabras y por aquellos ojos azules que parecía que podían ver en mi interior; sentí un calor en mis mejillas y al mismo tiempo pavor de que su color rojizo me delatara. Así pues, en el tono lo más sereno que pude, continúe diciendo:

—Gracias por tu respuesta, Anthony, pero apenas me conoces y acabas de comprometerte con el chamán para llevarme con él mañana…

—Eso es —me respondió sin perder su sonrisa ni dejar de poner su atención en la carretera—. ¿Dónde está el problema?

—Si te digo la verdad, no lo sé. Pero nadie ha hecho nunca algo por mí sin conocerme. Nadie ha hecho nunca lo que tú estás haciendo ahora y tengo que confesarte que me siento algo turbada de recibir tus atenciones sin que yo te haya dado nada.

—No hace falta que te sientas turbada. Me parece un gran error de nuestra cultura el creer que solo hay que ayudar a aquellas personas que conocemos o con las que estamos en deuda. Para mí, la generosidad es otra cosa, la entiendo de otra manera.

—Creo que entiendo lo que quieres decir —repuse, cada vez mas fascinada por aquel hombre—, supongo que me cuesta recibir...

Tras unos segundos de silencio, como si estuviera recuperando algunos recuerdos, Anthony respiró larga y suavemente.

—Al fallecer mi mujer, vine a vivir a México y me instalé en la colonia de San Angelín. En esa época, yo me sentía muy triste y deprimido, no tenia energía para nada, y una vecina mía, una mujer que no me conocía, dejó cada tarde un cazo con sopa delante de mi puerta. Era madre de tres hijos y tenía un marido y unos padres que atender, pero, aun así, había notado de algún modo que yo estaba triste y quería calentarme el alma.

—¿Y no le dijiste nada?

—Al principio, no. Estaba tan abatido por el duelo que me limitaba a aceptar la sopa. Por la noche lavaba el cazo con esmero y lo dejaba por la mañana en la puerta de esa buena señora. Y la tarde siguiente volvía a tener la sopa ante mi puerta.

—¿Así? ¿Sin hablar?

—No había nada más que decir —explicó mirándome unos segundos—. Aquella sopa contenía más amor que todas las palabras del mundo.

Suspiré al ver que nos aproximábamos a mi casa y me di cuenta de lo bien que me sentía con Anthony, y de que hubiera deseado que aquel viaje en coche no terminara todavía. Solo me aliviaba pensar que, si él cumplía su palabra, pasaríamos más tiempo juntos el día siguiente.

Su voz suave me sacó de mi ensimismamiento:

—Permití que me dejara la sopa en la puerta durante quince días. Cuando me sentí mejor, un mediodía, llamé a su casa y, tras darle las gracias de todo corazón, le dije que ya no tenía que prepararme más sopa.

—Guau... ¿Y qué dijo ella?

—Nada, se limitó a abrazarme muy contenta y me despidió.

—Es una historia preciosa. Gracias por contármela.

—Esa mujer me ayudó sin que yo hubiera hecho nada por ella. Quizás ella recibió el amor de otra persona cuando más lo necesitaba y encontró en mí el objeto ideal para devolverle el favor al universo. Por eso me siento afortunado de haberte encontrado ahora yo a ti. ¿Lo entiendes?

En mi vanidad de mujer, no pude evitar sentirme algo decepcionada ante aquella explicación. No obstante, me sentí afortunada de que Anthony se hubiera cruzado en mi camino, y de que ahora yo fuera el objeto de sus cuidados y volcara en mí la gratitud por los cuidados que él había recibido.

—Así que soy tu manera de retribuir aquella sopa que aparecía en tu puerta... —le dije con coquetería.

—La ecuación del amor es mucho más sencilla —aseguró muy serio—. Se trata de ayudar de todo corazón a quien lo necesite, lo conozcas o no, y sin pedir nada a cambio. Nada más que eso.

Tercer paso: Encuentra a tu guía

Tras aquel día lleno sorpresas agradables y de extraños acontecimientos y revelaciones, sentí que el desánimo volvía a mí al entrar en casa. De todos modos, haber conocido a Anthony y pensar que al día siguiente nos veríamos me hacía sentir mejor, era como un rayo de luz en medio de la oscuridad. También me sentía más aliviada de mis dolores e incertidumbres después de la sanación de don Julio y de sus explicaciones. «Algo bueno saldrá de todo esto», pensé.

Atenta en todo momento desde su discreción habitual, Rosita acudió al rescate trayendo dos tazas de chocolate caliente y una fuente de galletas recién horneadas en una bandeja.

—¿Quieres que bajemos a la cocina? —le pregunté agradecida.

—No, podemos merendar aquí. Si no le da miedo encontrarse luego migas en la cama, claro.

Tuve que reír ante aquella ocurrencia de la anciana.

—Ojalá ese fuera todo mi miedo… Debo reconocer que se me hace muy difícil la hora de acostarme, Rosita. Desde que Carlos se fue, esta cama me parece enorme y fría, todavía echo de menos su calor y sus caricias.

—Llegará el tiempo en que no sea así, ya lo verá —me consoló mi protectora—. De momento debe seguir los pasos para mejorar. ¿Está preparada para el siguiente?

—Creo que sí —dije con curiosidad mientras acercaba la bebida caliente a mis labios.

—Es muy importante que en estos momentos encuentre su guía interior, *señito*.

Sorprendida ante aquellas palabras, le conté a Rosita todas las experiencias que había vivido durante el día y evidentemente la visita a casa del chamán. Rosita no se inquietó con mi relato, me escuchó atentamente y después me dijo:

—Por lo que me cuenta, don Julio tiene el don de la visión y la capacidad de limpiar las heridas y la negrura de las personas, pero no es esa clase de guía a la que me refiero.

—¿Ah, no?

—No. El guía que la conducirá a cumplir con su misión de vida vive en su interior. Tiene que recuperar la conexión con su intuición, aprender a escuchar esa voz que todos tenemos dentro y que es realmente quien nos guía hacia lo que es bueno para nosotros —dijo Rosita mientras tomaba mi mano—. Es una parte de usted que reside en un lugar donde no existe el tiempo y que sabe los caminos por los que debe transitar para ir logrando una mejor vida aquí en este lugar que nos ha tocado vivir. De su mano y siguiendo sus consejos usted llegará lejos y la felicidad la acompañará, pues esa voz solo quiere su mayor bien.

—Eso que me dices me parece maravilloso, pero no sé cómo contactar con ese guía interior.

—Es mucho más sencillo de lo que cree, *señito*. ¿Aún tiene ese cuaderno tan bonito?

—¿Mi diario? Por supuesto —dije señalándolo, pues estaba en la mesita de noche—. Recurro a él de madrugada cuando tengo insomnio. Lo uso para apuntar poemas o pensamientos que me vienen a la cabeza.

—Perfecto, pues ese cuaderno va a tener un uso más para usted.

—¿Qué uso?

—Cada noche, antes de acostarse, escribirá en él una nota dirigida a su guía interior. Puede usted contarle sus experiencias y preguntarle por todas aquellas cosas para las que necesite consejo y pedirle que le envíe la mejor solución para resolver las situaciones que se le presenten día a día.

—Está bien, lo haré. Pero aún no sé cómo me voy a dirigir a... *él*.

Rosita esbozó una sonrisa afable y dijo:

—Los guías interiores no son ostentosos, así que utilice la forma más sencilla y honesta posible. Algo como: «Querido guía, soy Patricia. Me gustaría conectar contigo y recibir respuesta a mis preguntas para actuar de la mejor manera posible y superar esta situación, de modo que la solución sea para el mayor bien de todas las personas implicadas».

—Lo haré de ese modo entonces… Y supongo que tendré que precisar exactamente cuál es el tema que me preocupa y para el que busco asistencia, ¿no? —pregunté no sin cierto recelo.

—Así es. Lo dejará escrito en la libreta antes de acostarse. Luego la cerrará y se entregará al sueño confiando en que las respuestas llegarán.

—¿Y cómo sucederá eso?

—Cuando se despierte a la mañana siguiente, siéntese en la cama y escuche sus primeros pensamientos del día. Las respuestas también pueden ir apareciendo a lo largo de la jornada, téngalo en cuenta. Pero haga mucho caso de esas revelaciones, porque su guía habrá estado trabajando toda la noche para entregarle la solución que necesita.

Tras esta conversación, y no sin antes darle las gracias y un cariñoso abrazo a Rosita, pasé lo que quedaba de la tarde en mi habitación, leyendo un libro sobre la sabiduría tolteca que me habían regalado al llegar a México. De vez en cuando desviaba la mirada hacia mi diario y pensaba en qué preguntas formularía a aquel misterioso guía interior que debía darme respuestas.

Al anochecer, como me sucedía casi a diario, mi ansiedad se disparó y me di cuenta de que era justamente la hora en que, meses atrás, antes de su ascenso, hubiese empezado a prepararme para la llegada de Carlos. A esa hora me habría dado un baño tras las últimas clases por Skype y me habría puesto sexi para él.

Me percaté también de que, de forma instintiva, mi mirada buscaba la puerta cuando paseaba por la planta baja, esperando que se abriera en cualquier momento anunciando el regreso de mi marido. ¡Cuánto le echaba de menos!

Había sido un día muy largo y le dije a Rosita que no me esperara para cenar. Ella aceptó a regañadientes y solo tras prometerle que por la mañana, antes de que me recogiera Anthony, haría un desayuno fuerte y energético con ella.

Dejé el tratado tolteca sobre la mesita, dispuesta a iniciar el ritual que conformaba el tercer paso. Sin embargo, antes de que pudiera tomar mi diario y una estilográfica, se me cerraron los ojos de puro agotamiento tras aquella jornada tan llena de acontecimientos extraños, aunque eran solo un tímido prólogo de los que vendrían después.

Tepotzolán

Me desperté sin dificultad con los primeros rayos del día. Una de las consecuencias de la depresión que estaba viviendo, pues podía llamarla ya así, era que raramente conseguía dormir más de tres horas seguidas. Cuando no era el dolor de cabeza, eran los vómitos o algunos pensamientos repetitivos que se instalaban en mi mente y que me impedían volver a conciliar el sueño. La práctica de los primeros pasos había ayudado a mitigar mi sufrimiento, pero aún estaba demasiado angustiada para descansar bien. «¿Cómo va a poder trabajar tu guía si apenas pegas ojo en toda la noche?», me pregunté mientras me levantaba para pasar por la ducha y vestirme. Sin embargo, aquel día tenía sentido madrugar.

Don Julio había dicho que iríamos al Monte del Alma, que al parecer estaba cerca de Tepotzolán, un pueblo mágico a poco más de cincuenta kilómetros de Las Candelas. Me dije que para una excursión como aquella lo aconsejable era llevar ropa cómoda, pero el hecho de que me recogiera Anthony, y aunque estuviera ejerciendo solo de amigo compasivo, hizo que me dirigiera al vestidor dispuesta a escoger mis mejores galas para deslumbrarle con mi aspecto. Empecé a buscar entre mis prendas aquellas que sabía que me sentaban bien y escogí una blusa blanca de hilo que marcaba muy bien mi silueta y resaltaba mi busto, unos tejanos ajustados y unas botas camperas para dar un toque *casual* a mi atuendo.

En mis adentros pensé «cuando Rosita me vea, podrá comprobar que estoy poniendo en práctica sus sabios consejos», pues por primera vez en mucho tiempo me gustaba la imagen que reflejaba en el espejo.

Advertida sobre aquel desplazamiento del que aún no sabía a qué hora volvería, mi anciana cocinera me había preparado café de olla, pan dulce y jugo de mandarinas. Cumpliendo mi promesa de la noche anterior, y gratamente sorprendida por el apetito con el que me había levantado, comí un plato de molletes elaborados con pan, frijoles, queso derretido y chorizo desmenuzado encima, además de unos huevos.

Cuando el vigilante de la urbanización llamó a la casa para advertirnos que teníamos visita, supe que el caballero californiano ya me estaba aguardando.

Saltándose el protocolo, Rosita depositó un beso en mi frente y, como si fuera su hija, me dijo:

—No se olvide de regresar cuando don Julio haya terminado sus hechizos. Esta vieja la estará esperando deseosa de saber cómo le ha ido.

Tras darle un abrazo cariñoso, fui hacia la puerta sin sospechar lo que me esperaba durante aquella jornada, que quedaría grabada a fuego en mi memoria.

Efectivamente, el Jaguar azul metalizado esperaba ya en la puerta.

Anthony me recibió con una sonrisa preciosa mientras salía del coche para abrirme la puerta del copiloto. Aunque vestía más informal que el día anterior, pues llevaba una camisa de hilo blanco, unos chinos de color crema y zapatos del mismo tono, pensé que sus movimientos expresaban una elegancia que debía acompañarle desde la cuna.

Tras dos besos en las mejillas, que me permitieron sentir su cálida energía y un sensual olor a jazmín que emanaba de él, turbada, me senté a su lado mientras el coche arrancaba lenta y suavemente.

—¿Cómo has dormido? —me preguntó.

—Poco, como siempre, pero mejor que otros días. De todos modos, las migrañas han regresado hace un rato y ahora mismo tengo la cabeza a punto de estallar.

—Don Julio remediará eso —me aseguró.

Al mirar por la ventana, me di cuenta de que no reconocía los barrios que estábamos atravesando. En cualquier caso no eran los mismos por los que habíamos transitado el día anterior.

—¿Vamos a casa de Don Julio por un camino distinto? —pregunté.

—Nos encontraremos con él en el pueblo. Mejor para mí… —añadió con una expresión pícara que no entendí—. Cuando termine lo que quiere hacer contigo en ese monte, quizá regresaremos los tres juntos.

Las preguntas empezaron a agolparse en mi castigada cabeza.

—¿Qué va a hacer conmigo en ese monte? ¿Y por qué es mejor para ti que nos encontremos con él en el pueblo?

—Lo que pretende hacer don Julio contigo solo lo sabe él —respondió muy sereno y sin apartar los ojos de la carretera—. En cuanto a la segunda pregunta, es obvio que me resulta agradable tu compañía.

Aquella confesión me dejó sin aliento. No obstante, antes de que pudiera plantearme cualquier elucubración romántica, Anthony se encargó de deshacerla con lo que dijo a continuación:

—De repente me doy cuenta de lo solo que he estado desde que llegué aquí. Supongo que era necesario, pues hay que dejar espacio al duelo para que la tristeza se pose en el fondo del corazón y, mientras eso sucede, no eres buena compañía para nadie. —Respiró profundamente antes de seguir—: Pero ahora que he asumido que nada puede ser como antes, quiero volver a sentirme útil.

—Y yo te he venido como anillo al dedo —dije observando su alianza mientras sujetaba con delicadeza el volante forrado de cuero—. Una mujer abandonada por su marido a la que ayudar a encontrar su lugar en el mundo.

—No, en eso no puedo ayudarte —repuso—. Ni tampoco don Julio.

—¿Qué quieres decir?

—Solo tú puedes encontrar tu lugar en el mundo. Yo por ahora solo puedo hacerte de chófer —sonrió.

Charlando amistosamente llegamos a los arrabales de Tepotzolán, que, pese a su cercanía con el DF, parecía un lugar extrañamente remoto. Las callecitas llenas de restaurantes y tiendas de artesanía y su enorme plaza porticada me recordaron a los pueblos del México profundo que había conocido al instalarme en el país.

Mientras buscaba un lugar donde aparcar, Anthony dijo:

—Pintoresco, ¿verdad? ¿Sabes qué significa Tepotzolán?

Negué con la cabeza. Pese a todo, estaba contenta de estar en aquel lugar encantador junto a un hombre empeñado en hacerme de hermano mayor o lo que fuera.

—*Teptzoh* significa joroba, y *tlan*, que hay abundancia.

—Es decir, ¿donde abundan las jorobas? Pues aún no he visto ningún jorobado por aquí… —repuse jocosa.

Anthony estalló a carcajadas mientras manejaba el volante con una mano. Al ver que me había extrañado, me dirigió una mirada dulce como disculpa y explicó:

—Creo que más bien se refiere a unos cerros que hay a la salida del pueblo y que parecen jorobas.

—¿Es uno de ellos el Monte del Alma?

—Seguramente —dijo mientras aparcaba, guiado por un campesino con sombrero de paja.

—Por cierto, ¿dónde está don Julio?

—Si te soy sincero, no tengo la menor idea. Pero no te preocupes —añadió en tono enigmático—, él nos encontrará.

El Monte del Alma

Nos sentamos en la terraza de uno de los restaurantes de la plaza porticada, como una pareja de viajeros que tuviera todo el tiempo del mundo. Mientras esperábamos a que nos atendiera el camarero, la colorida población local ofrecía toda clase de estatuillas, brazaletes y colgantes para atraer la buena fortuna, así como elixires y piedras mágicas.

—Este es uno de los pueblos con más hechiceros por metro cuadrado de todo México —comentó Anthony, obviando que habíamos quedado con uno de ellos pese a que no estuviera allí.

—Es hermoso y variopinto… —me limité a decir.

De repente, el rostro de Anthony se volvió serio y levantó la mano para llamar la atención del camarero.

—Deberías comer algo.

—He desayunado no hace mucho.

—Da igual, no sabemos cuánto tiempo te tendrá don Julio en ese cerro. Más vale que te aprovisiones de energía.

—Entonces… —dije repentinamente inquieta—, ¿no me acompañarás?

—Dudo que don Julio me lo permita, pero te esperaré aquí todo lo que haga falta. Aunque caiga la noche, no me moveré de este lugar. Te lo prometo.

Me quedé impresionada, y algo más, ante tanta generosidad. Estaba buscando la manera de responder a su promesa cuando un hombre con un poncho que tiraba de dos caballos se detuvo a nuestro lado. Bajo el sombrero de paja que le cubría la cabeza reconocí el rostro cobrizo y surcado por el tiempo de don Julio. Sus ojos negros como el carbón se fijaron en los míos y sentí que quedaba anclada al alma del sanador indígena.

Movió la cabeza lateralmente para indicarme que le acompañara y, como si un hilo fuerte e invisible tirara de mí, me levanté para seguirlo.

—Don Julio, espere a que Patricia pida un tentempié —intervino Anthony.

Pero el chamán negó suavemente con la cabeza.

—Es mejor que pase por esto en ayunas —dijo hablando muy lentamente.

Aquella advertencia me asustó. Yo ya había desayunado en casa y había oído hablar de rituales con setas en los que los iniciados vomitaban todo lo que tenían dentro antes de empezar a sentir los efectos alucinógenos. La verdad, en las últimas semanas había vomitado más que en toda mi vida y no me sentía con fuerzas de pasar por aquello... Sin embargo, allí estaba y no me iba a echar atrás, así que subí al caballo más bajo y don Julio montó el otro, que empezó a marcar el paso, como si supiera muy bien adónde se dirigía.

Me despedí de Anthony con la mano mientras él me observaba preocupado, con aquellos ojos azulones llenos de bondad.

La montura del indígena empezó a trotar y mi caballo hizo lo mismo, obligándome a levantar el trasero para evitar las fuertes sacudidas. No tardamos en dejar atrás las últimas casas del pueblo, que daban paso a una pedregosa cuesta que llevaba a aquellos montes de forma orgánica. Y coronamos la cima de media docena de montes, bajo un sol que hacía bullir el suelo a pesar de que todavía era temprano, hasta que Don Julio se detuvo delante de una roca grande y vertical que recordaba a un menhir. Se fijó en unos signos primitivos grabados en la roca y luego picó con las espuelas a su caballo, que con un respingo empezó a ganar terreno montaña arriba.

Para entonces yo ya no podía con mi alma. Afortunadamente, el chamán se detuvo en lo alto de aquella loma. Había allí una construcción cuadrangular hecha con piedras, una especie de refugio con una estrecha grieta a modo de puerta. No era mayor que una cabaña de pastor como las que había en el Pirineo, pero enseguida observé que tenía una particularidad: el interior estaba bañado por una luz radiante gracias a un orificio en lo alto que recogía los rayos del sol, que estaba a punto de situarse justo en la vertical.

Tras bajar del caballo y atarlo a un poste tal como me indicaba mi guía, deduje que las prisas del chamán por subir al Monte del Alma se debían a aquella hora del mediodía en la que el sol entraba a plomo por el orificio, inundando la extraña construcción que parecía vacía.

—Este lugar es el refugio de un dios y, para entrar ahí dentro tendrá que sacarse la ropa y ponerse esta túnica blanca —me advirtió Don Julio sacando con rapidez la prenda del zurrón que colgaba de su espalda.

Entonces se dio la vuelta y se alejó de allí con pasos tranquilos, como si quisiera ver algo que había más allá de las montañas. Mientras tanto, yo me quedé sumida en la perplejidad, acariciada por un suave viento que empezó a levantar la arenilla en aquella loma pelada.

Tras dudar unos instantes, me dije que no me había deslomado subiendo hasta allí para abandonar a las primeras de cambio, así que, aunque con inquietud y algo muerta de miedo, me saqué las botas y me desenfundé los tejanos.

Me senté para quitarme los calcetines y luego me desabroché la blusa.

El viento empujaba un aire más bien cálido, pero una extraña electricidad recorría mi cuerpo de la punta de los pies hasta la cabeza. No supe si atribuirlo a la energía de la montaña o al hecho de que me sentía expuesta y vulnerable.

Me levanté del banco, me puse la túnica y di unos pasos sobre el suelo arenoso para entrar en calor a la vez que me preguntaba si hubiese tenido que quitarme también la ropa interior. El regreso de Don Julio, que caminaba taciturno con el sombrero calado en la cabeza, me aclaró esa duda.

—Solo la túnica, señora.

Luego se dio la vuelta otra vez.

El lugar donde habita Dios

La electricidad que había sentido en el banco se multiplicó al avanzar entre las paredes de aquel espacio cuadrangular, en cuyo centro se encontraba una gran losa pulida sobre la que caía el sol del mediodía. Entendí que debía tumbarme encima de ella, pero no dejé de recordar con temor los sacrificios que, según había oído, realizaban las antiguas civilizaciones. Sin duda, aquel lugar había servido para eso…

Sentí el calor de la losa en mi espalda, nalgas y piernas, así como el dulce fuego del sol que iluminaba y calentaba mi frente, cuello, pechos y abdomen, hasta llegar al centro de mi feminidad.

Cerré los ojos. El dolor de cabeza había desaparecido por primera vez desde hacía horas y ahora lo reemplazaba aquella vibración nueva que recorría cada milímetro de mi piel.

Todo en aquel espacio radiante respiraba misticismo y espiritualidad, y hasta mí llegaba un intenso olor a copal y hierbas aromáticas.

El eco de unos pasos dentro del recinto me alertaron. Por la ligereza de los mismos, aun con los ojos cerrados, supe que no se trataba de don Julio. Fuese quien fuese, pude sentir su presencia, de pie a un metro escaso de mí, contemplándome.

Entonces, abrí los ojos y la vi. Era una mujer delgada de unos cincuenta años, con la tez más oscura que la de Don Julio y con una melena negra que le llegaba a los hombros. Al mirar sus oscuros ojos, me sentí invadida por una cálida y poderosa sensación de confianza y tranquilidad. Se cubría con un poncho blanco y en la mano llevaba un cacito en el que quemaban las hierbas aromáticas que llenaban el espacio de su penetrante olor.

Tras escrutarme de arriba abajo, se sentó de cuclillas a mi lado y me puso la mano sobre la frente.

—¿Por qué estás aquí? —dijo al fin con un fuerte acento indígena.

—Me siento mal desde hace más de un mes. No sé lo que me pasa, pero no tengo energía y me duele muchísimo la cabeza y todo el cuerpo. Creo que me estoy volviendo loca.

La indígena asintió en silencio. Luego posó la palma de su mano sobre mi vientre, no muy lejos de la entrada a lo más profundo de mi ser.

Como si aquel cambio fuera una nueva pregunta para mí, seguí explicando:

—Casi no tengo apetito y siento náuseas la mayor parte del tiempo. Me molesta la luz y cualquier sonido, por leve que sea.

—¿Te molesta también esta luz?

—Esta no. Ahora estoy tranquila.

La hechicera de aquel primitivo templo, porque sin duda era eso, pasó entonces el cacito humeante por encima de mi cuerpo a la vez que cantaba en un idioma atávico.

Volví a cerrar los ojos porque, de repente, me sentía exhausta.

Ni siquiera me inmuté cuando pasó sus manos por todo mi cuerpo, sin apenas rozarlo, a la vez que iba repitiendo aquella extraña letanía que las paredes devolvían en forma de eco.

No sé cuánto tiempo duró la ceremonia, pero la voz de la mujer me hizo regresar de mi media inconsciencia, me había relajado tanto que creo que incluso me había dormido. «Incorpórese un poco», escuché.

Al hacer lo que me pedía, sentí que un mareo se apoderaba de mi cuerpo. Ella me sostuvo la espalda con su mano pequeña pero fuerte.

—Don Julio… —llamó entonces dirigiendo su voz hacia la entrada del refugio de piedra.

El curandero entró, ya sin el sombrero, con una tela de lino blanco parecida a la que llevaba la oficiante de aquel misterioso ritual, y me la puso sobre los hombros hasta envolverme con ella, como si hubiera adivinado que en aquellos momentos un frío gélido recorría mi cuerpo. La mujer sacó de un bolsillo interior de su poncho unas cartulinas de aspecto gastado y antiguo con imágenes de dioses que no había visto jamás y las fue depositando a mi alrededor.

Después de unos minutos que a mí me parecieron eternos, la chamana miró a don Julio y luego a mí. Entonces, con una voz solemne y en tono grave, emitió su veredicto:

—Te han hecho un trabajo de magia negra muy poderoso, mujer. —Me quedé sin aliento al oír aquello, pero ella siguió hablando—: En este momento, hay al menos dos magos negros delante de una muñeca de cera que representa tu imagen. Ha sido confeccionada con alguna posesión íntima tuya. ¿Has echado algo de menos últimamente?

Con un nudo en el estómago, agradecí no haber comido nada en Tepotzolán. De haberlo hecho lo habría vomitado allí mismo. Estaba aterrorizada y las náuseas se habían apoderado de mi cuerpo otra vez.

Aturdida, recordé que llevaba días buscando un vestido floreado y un conjunto de ropa interior, pero inocentemente había pensado que los había perdido debido al caos de las últimas semanas.

Don Julio, sentado al otro lado de la losa, me tomó la mano para darme fuerzas.

—Es un trabajo de magia negra —repitió la chamana—. Y está hecho por dos hechiceros que están trabajando día y noche con un muñeco que es una representación de tu persona.

—Pero... —Mi voz tembló, estaba a punto de romper a llorar—. ¿Quién me desearía tanto mal?

—El trabajo lo ha encargado una mujer extranjera. ¿Estás enfrentada a alguna?

Tuve que pensar inmediatamente en Samara, la secretaria brasileña de Carlos.

—Yo no, pero... —Las náuseas, cada vez más fuertes, hacían temblar todo mi cuerpo—. Mi marido me ha dejado por una mujer joven, aunque no entiendo por qué ella querría...

—Ha realizado un embrujo a través de una deidad llamada Pomba Gira. Hace que el hombre se vuelva loco de amor y deseo por la persona que hace el trabajo y que se olvide por completo de su vida anterior.

—Pues ya tiene lo que quería —le aseguré con un hilo de voz—. ¿Por qué sigue haciéndome magia negra, entonces?

—Esa mujer quiere borrarte del mapa. No solo quiere quedarse con tu marido, sino que también quiere todas las propiedades y todo lo que ha sido tuyo hasta la fecha.

Al oír aquello, sentí que mis últimas fuerzas me abandonaban. Entonces me desmayé.

La existencia del mal

Al despertar, la luz del sol que había inundado la casa de piedra había sido sustituida por el tenue resplandor de unas velas blancas que rodeaban la losa.

Aunque la tela de lino que cubría mi cuerpo era bastante gruesa, sentí que el frío cruel y un helor casi mortal seguían instalados en mi cuerpo. Me costaba vocalizar, pero, aun así, encontré las fuerzas para hacer la más importante de las preguntas:

—¿Puedo hacer algo para limpiar los efectos de la magia negra y volver a ser yo misma?

Los ojos oscuros y penetrantes de la chamana me miraron con compasión.

—Mi trabajo es solo arrojar luz sobre lo que sucede, y la luz ha hablado. Todo dependerá de tu actitud acerca de lo ocurrido. Si aprovechas todo lo vivido para crecer espiritualmente y encuentras la ayuda necesaria, sanarás muy pronto.

—¿Y cómo lograré hacerlo? ¿Quién puede ayudarme?

—Hay pocos sanadores capaces de romper un trabajo tan fuerte, pero don Julio encontrará a la persona indicada —concluyó.

—Una pregunta más, por favor —repuse—. Me preocupa mucho que mi todavía marido Carlos esté también bajo el hechizo de esa mujer. La verdad es que es un buen hombre que no se merece una mujer que lo haya conseguido con artimañas y magia. Yo todavía le quiero y me gustaría poderlo ayudar, ¿se puede hacer algo para limpiarlo a distancia? No puedo ni imaginar hablar con él de todo esto, me tacharía de loca y pensaría que mis comentarios e informaciones sobre las malas artes de su amante son causados más por los celos que por la realidad.

La mujer me miró con complacencia y no tardó en responderme:

—Es noble pensar y desear la sanación de tu esposo, mujer. Pero él tiene sus propias lecciones que aprender.

Tras estas palabras, se despidió sin pedir nada y mi guía me indicó que podía salir del recinto sagrado.

Diez minutos más tarde, estábamos ya bajando del Monte del Alma, con nuestras monturas haciendo equilibrios para no caer cuando sus pezuñas se posaban sobre las piedras, que se partían o salían disparadas a nuestro paso.

Mientras miraba el paisaje infinito de lomas doradas bajo un cielo poderosamente azul, yo sentí una mezcla de alivio y preocupación. Por una parte, ahora ya sabía el origen de mi mal. Por terrible que fuera, era mejor saberlo que vivir en aquella incertidumbre que me volvía loca. Pero, por otra parte, me sentía profundamente triste y decepcionada pues, aunque fuera víctima de un trabajo de brujería, me resultaba devastador que Carlos, el hombre de mi vida, hubiera sucumbido a las malas artes de una persona que acababa de conocer, y no poder hacer nada para ayudarlo a salir de aquella encerrona tampoco me ayudaba.

A medida que descendíamos por la lomas, sentí que volvía a la realidad de una mujer abandonada lejos de su país, de sus sueños y de lo que había sido su vida hasta entonces. La tentación de terminar con todo y volver a Barcelona vino a mí con fuerza, pero algo me decía que, si no me enfrentaba al mal y lo vencía, este me acompañaría allí donde fuera.

Al regresar a Tepotzolán, el barullo animado de las calles distrajo mi espíritu por unos instantes. Y, al ver a Anthony sentado en la misma terraza donde lo había dejado medio día antes, una luz de esperanza volvió a arder dentro de mí. Aquel hombre me hacía pensar en la bondad del ser humano y del mundo.

El *gentleman* californiano se levantó de inmediato para ayudarme a desmontar y después habló con don Julio, lo abrazó y le entregó varios billetes.

Antes de marcharse, el chamán me dijo:

—Creo que sé de alguien que puede realizar el trabajo de exorcismo que precisa. Cuando contacte con él, su amigo Anthony le dirá cuándo, dónde y cómo debemos ir para hacerlo.

Dicho esto, azuzó al caballo y se marchó de la plaza. A la vista estaba que don Julio no iba a volver al DF con nosotros y algo dentro de mí se alegró por ello.

Anthony me recibió muy afectuosamente y, tras preguntarme cómo me sentía después de la sanación y ver que yo no estaba muy por la labor de hablar en aquellos momentos, me propuso que comiéramos algo antes de regresar a la ciudad.

Aunque no tenía ganas de hablar, acepté gustosa, todo lo que fuera alargar el tiempo para pasarlo a su lado me producía una sensación de paz y tranquilidad inexplicable.

Cuando el Jaguar azul metalizado abandonaba ya aquel pueblo místico y pintoresco, sentí que me invadía un cansancio infinito. Desplomada sobre el asiento de cuero, me habría dormido inmediatamente si no fuera porque mi acompañante había vuelto a preguntarme sobre lo que había sucedido en el Monte del Alma.

Después de mi silencio inicial, decidí que un hombre que tan generosamente me estaba ayudando, se merecía conocer todos los detalles, así que se lo expliqué todo intentando no olvidar nada.

Anthony, por su parte, no era muy extrovertido para hablar de su vida, pero me había dado cuenta de que le gustaba que le preguntara sobre cualquier tema y que entonces era muy explícito en sus respuestas. Así pues, mientras atravesábamos una carretera flanqueada de árboles frutales, le dije:

—¿Por qué crees que existe el mal, Anthony?

Él me miró de reojo, mientras conducía firme y suavemente.

—Para mí la pregunta sería si existe el mal, más bien.

—¿Qué quieres decir con eso? —dije—. ¡Claro que existe! Solo tienes que poner las noticias para darte cuenta de eso.

—Las noticias están contadas de un modo determinado. Nada ni nadie puede asegurarte que las cosas son exactamente así. —Se calló un momento para cavilar—. Hace un tiempo, leí una historia que me hizo comprender algo muy importante sobre este tema. ¿Te apetece escucharla?

Asentí con la cabeza, luchando para que el sueño no me llevara lejos de allí, porque realmente me apetecía escucharle.

—Cuentan que, una vez, un profesor de universidad discutía con uno de sus alumnos sobre la existencia de Dios y sobre su bondad. El alumno defendía que Dios existía y que era bueno, pero el profesor le argumentaba que no se podía demostrar su existencia, que era solo una cuestión de fe, y que, en todo caso, Dios no era bueno porque, como lo creó todo, creó también el mal. Dicen que, tras unos instantes de silencio, el alumno le preguntó al profesor si existía el frío.

—¿El frío? —pregunté yo, totalmente absorta por la historia que Anthony había empezado a contarme.

—Eso mismo. ¿Y sabes qué le respondió el profesor? —Negué con la cabeza—. Que por supuesto que existía el frío. Que qué pregunta era aquella. El alumno le dijo entonces: «Se equivoca usted, señor, el frío no existe. Según las leyes de la física, lo que consideramos frío es en realidad la ausencia de calor. El calor puede medirse en unidades de energía, pero el frío no. Porque el frío no es lo opuesto del calor sino su ausencia». Cuentan que el alumno siguió con sus preguntas y le argumentó que, como en el caso del frío y el calor, tampoco existe la oscuridad, sino que esta es simplemente la ausencia de luz.

—Qué interesante —apunté.

—Mucho. —Anthony me miró de reojo con una sonrisa, dispuesto a continuar con su historia—: Tras aquello, se ve que el alumno desafió una vez más a su profesor y le preguntó si existía el mal. Como puedes suponer, este respondió afirmativamente y empezó a darle ejemplos de crímenes y demás. Ante lo cual el estudiante se ve que dijo: «El mal tampoco existe, señor, o al menos no existe por sí mismo. Es simplemente la ausencia de Dios. Al igual que los casos anteriores, es un término que el ser humano ha creado para describir la ausencia de algo. De bondad en este caso. Así, Dios no creó el mal. El mal es el resultado de que la humanidad no tenga a Dios, al bien común, presente en sus corazones». ¿Qué te parece? Más allá de la idea de Dios, creo que es una buena historia para cuestionarse la existencia del mal, ¿no crees?

Yo asentí en silencio, me había quedado impresionada con aquella historia que daba la vuelta a muchas de mis creencias. Anthony me miró y, antes de volver la vista a la carretera, me sonrió suavemente y añadió:

—Hay quien dice que ese alumno fue Einstein.

Una solución del guía

Cuando Anthony me dejó en la puerta de casa, todo el bienestar que había sentido a su lado se fue desvaneciendo poco a poco al entrar en la lúgubre soledad de Las Candelas. Sobre todo porque mi otro ángel guardián, Rosita, había cogido un merecido día libre para ver a los suyos y no regresaría hasta la mañana siguiente. Su ausencia hacía que la soledad se hiciera aún más patente entre aquellas paredes.

Tras desvestirme, empecé a llenar la bañera. Necesitaba, antes de nada, sacarme el polvo acumulado en aquella larga travesía a caballo que me había dejado doloridas las posaderas y alguna parte más de mi cuerpo. Y también debía asimilar con calma las terribles noticias que me había dado la chamana. Así que me metí en el agua espumosa dispuesta a relajarme.

Al cabo de un rato, recordé que la noche antes no había logrado seguir los consejos de Rosita y no había escrito ninguna consulta para mi guía, intuición o como se llamara, pero de repente supe qué quería preguntar a aquella fuerza protectora que habitaba en algún lugar de mi inconsciente.

Uno de los momentos que más añoranza y tristeza me provocaban desde que Carlos y yo nos habíamos distanciado era el de la cena, ya que, cuando estábamos juntos y bien, compartíamos las experiencias del día mientras cenábamos. En aquellos momentos se creaba una magia especial y una complicidad que solo una pareja enamorada puede compartir. Era el momento de prodigarnos todo el amor y la pasión que sentíamos el uno por el otro. Cuántas veces después de cenar nos habíamos sentado en el sofá abrazados, mientras nuestras melodías favoritas sonaban en el equipo de música… Esos recuerdos y muchos más acudían a mi mente repetidamente siempre a la misma y fatídica hora.

Quizás fuera ese uno de los motivos por los que me había quedado sin hambre desde que Carlos se había ido de mi lado definitivamente, quizá me costaba aceptar que no habría más cenas, ni comidas, ni desayunos a su lado. Eso era señal de que no había completado mi duelo, estaba claro. Pero ¿qué podía hacer mientras tanto?

Tras salir de la bañera, me puse el albornoz dispuesta a escribir en mi libreta lo que me sucedía y solicité ayuda a mi guía para salir de aquella situación que tanto me afectaba.

Aquella noche dormí de un tirón y me desperté con un mensaje claro en la mente:

«Imagina que tu esposo es viajante y que se ha tenido que ir durante nueve meses a trabajar al extranjero y que, cuando pase ese tiempo, volverá. Entonces podrás cenar de nuevo en su compañía. Te acicalarás y querrás estar hermosa para cuando él regrese, así que, mientras tu marido esté fuera, debes disfrutar igualmente de todos los momentos del día y creer que la separación es solo temporal».

Visto desde fuera, podía parecer que había algo absurdo en aquel mensaje, porque yo sabía a ciencia cierta que en los planes de Carlos no estaba precisamente el de volver, más aún después de saber lo del trabajo de magia negra que aquella mujer sin escrúpulos había hecho con él y conmigo, pero la fantasía de que en nueve meses mi vida completa regresaría hizo que empezara aquella mañana de forma diferente.

Mientras bajaba a desayunar con Rosita, que ya había vuelto a casa, sentí que un nuevo y agradable sentimiento de esperanza me invadía y desplazaba la tristeza. Pese a lo complicado de mi situación, me sentía mejor. «Qué sabio es mi guía», pensaba en mi interior, «y de qué manera tan sencilla ha sabido darme una nueva forma de enfrentar mi situación». Sin darme cuenta, de mis labios salió un «gracias» y mis ojos se dirigieron hacia el techo de la estancia, como si alguien allá arriba recibiera mis palabras.

«Mi amor volverá en nueve meses», me repetía para recuperar el ánimo. «Don Julio conoce a alguien que va a ayudarme a limpiar toda esa porquería y, además, tengo un nuevo amigo que vale más que un tesoro.»

Mientras comía con apetito una ración de huevos rancheros y frijoles, me di cuenta de que proyectar aquella historia positiva estaba elevando mi estado de ánimo. Así que le comenté a Rosita el éxito de aquella primera petición a mi guía.

Ella sonrió maternalmente y dijo:

—Nadie sabe lo que sucederá en el futuro, pero lo mejor es pensar historias bonitas que nos hagan sentir felices. Parece ser que, al imaginarlas, hacemos que sucedan.

—Eso es la ley de la atracción —respondí sorprendida—. Oí hablar de ella hace unos meses en una cena benéfica.

Rosita sonrió. No había duda de que su cultura conocía, desde hacía cientos de años, aquellos conceptos a los que nuestra civilización empezaba ahora a dar nombre creyendo que descubría algo nuevo. Empezaba a comprender que la sabiduría estaba allí, esperando desde tiempos ancestrales, a que nosotros la desenterráramos y la aprovecháramos para nuestro bienestar y plenitud.

Mientras pensaba en todo esto, Rosita me devolvió a la calidez de la cocina al preguntarme:

—No le he hablado nunca del Templo del Corazón, ¿verdad? —Negué con la cabeza, invitándola a contarme más sobre aquello que sonaba tan bien—. Poco puedo decirle, en realidad. Solo que es un lugar sagrado en el que se obran los milagros más espectaculares que los seres humanos podemos experimentar. Debería buscarlo, *señito*, le aseguro que, cuando lo encuentre, no se arrepentirá.

La ayuda lenta no es ayuda

Los días prosiguieron en un estado de zozobra que me hacía sentir como una equilibrista caminando por el alambre sobre un abismo. En cualquier momento podía despeñarme y terminar con todo, pero mis ángeles protectores me mantenían a flote.

Bárbara me llamaba a menudo para saber cómo estaba y me invitaba a ir a su casa o a fiestas. Yo agradecía sus atenciones, pero declinaba cortésmente sus invitaciones. Hasta que la limpieza que debía dirigir aquel sacerdote no surtiera efecto, me sentía demasiado vulnerable para exponerme al mundo.

Por otra parte estaba Anthony, que debía de tener un alma increíblemente piadosa para estar tan pendiente de mí sin haber mostrado en momento alguno un interés sexual o romántico. Supuse que yo debía de ser un buen entretenimiento para él mientras iba integrando el duelo de su esposa, que había sido el amor de su vida.

Finalmente tenía a Rosita, que se había ganado un lugar en mi corazón, con sus amorosos cuidados y sabios consejos. Ella era, para mí, madre, hermana y amiga a la vez. A ella podía contárselo todo y trataba de seguir a pies juntillas sus enseñanzas, que me estaban ayudando a salir del pozo.

La verdad era que, llevando a la práctica el tercer paso, le había tomado el gusto a lo de contactar con mi guía interior. El hecho de escribir en mi diario todas las noches y plasmar en él todos los retos grandes y pequeños que se me presentaban durante el día era un importante punto de apoyo para mí.

Tras anotar mi consulta diaria, esperaba la respuesta de una energía superior que no entendía de odios ni de venganzas, ni de buenos ni de ma-

los, y que no estaba condicionada por los acontecimientos ni por mi personalidad, tal como me recalcaba Rosita. Aquello me permitía sentir, en primer lugar, que no estaba sola. Y me liberaba de la obligación de controlar
los acontecimientos. Solo tenía que escribir honestamente a mi cada vez
más presente guía, tratando de alimentar los pensamientos positivos, y esa
fuerza acudía a mi rescate con soluciones oportunas y sabias.

Mi anterior consulta había tenido como protagonista al padre Benito,
el experto en trabajos de exorcismo y magia negra que al fin me había recomendado don Julio y que, de manera inconsciente, no me atrevía a visitar.
Sin embargo, aquel miércoles por la mañana, tras mi consulta nocturna,
amanecí con la idea clara en mi mente de que debía ponerme en las manos
del sacerdote lo antes posible. Así que, sin haber salido aún de la cama,
llamé a mi mejor y atractivo amigo en la ciudad, que, aunque dirigía una
empresa con más de treinta empleados en la sede de California, me había
demostrado con creces que siempre tenía tiempo para mí. Aquella mañana
no fue la excepción y atendió mi llamada de inmediato:

—¿Cómo estás, Patricia? —me preguntó con su agradable voz.

—En una especie de montaña rusa, la verdad —le contesté—. A veces
me levanto optimista y llena de energía, pero después caigo en picado y me
tengo que encerrar a oscuras porque me duelen la cabeza y todo el cuerpo.
En esos momentos, preferiría morir —le confesé sin tapujos.

—Lo entiendo, así es como se siente uno cuando está a punto de superar algo muy importante.

—¿Lo dices por experiencia? ¿Estuviste también pensando en acabar
con todo cuando…? —No me atreví a terminar la frase, pero él había captado totalmente su sentido.

—Cuando murió Linda. Sí, lo pensé más de una vez. Pero eso es algo que
te contaré cuando llegue el momento. No me has llamado para eso, ¿verdad?

El tono repentinamente más serio de su voz me intimidó, pero decidí
seguir el impulso que había tenido nada más abrir los ojos aquella mañana.

—Tienes razón. Te he llamado porque creo que ya estoy preparada para
ver al padre Benito —le dije a bocajarro—. No quiero esperar más y, si
puede ser, me gustaría ponerme en sus manos lo antes posible.

—Excelente... —dijo Anthony, súbitamente relajado ante la posibilidad de ayudarme—. Justamente he averiguado el paradero de ese sacerdote. Como puedes suponer, no sale en las guías telefónicas —añadió en un tono medio sarcástico.

—¿Vive muy lejos?

—En Huamantla, a unos ciento setenta kilómetros de Las Candelas. ¿Cuándo te gustaría ir?

—Cuanto antes —murmuré, por si se me pasaba el arrebato.

—Entonces voy ahora a buscarte...

—¡No! ¡Espera! —le frené.

—¿No querías ir cuanto antes? —me preguntó sorprendido.

—Pero no quiero que dejes de hacer tus cosas cada vez que necesito ayuda —le expliqué—. Debes de tener asuntos que atender en la oficina y una vida personal, aparte de estar pendiente de este pequeño desastre de mujer que soy yo.

Anthony rio y, muy relajado, contestó:

—Gracias a Dios, tengo empleados que hacen bien su trabajo. Es una máxima empresarial que aprendí de mi padre: «Si tienes que decir a alguien lo que debe hacer, es que has contratado mal».

—Me alegro por ti, pero esto no responde a todo lo que te he dicho.

—Creo que me he perdido... ¿Te refieres a mi vida personal? La verdad es que no tengo. Y tú necesitas ayuda ahora, no mañana. Ni siquiera más tarde. Eso es algo que aprendí durante mi retiro en un templo budista de Arizona.

—¿Qué aprendiste? —le dije, cada vez mas fascinada por él y sus andaduras.

—El maestro del monasterio, que era de origen tailandés, siempre nos decía que la ayuda que llega lenta no es ayuda. Cuando alguien te necesita y te lo hace saber es porque le urge tu presencia. Y nunca sabes cuándo será demasiado tarde.

—Entiendo —dije admirada—. «La ayuda lenta no es ayuda».

—Eso es —repuso alegre—. Por lo tanto, hasta ahora.

El padre Benito

Al mediodía llegábamos a Huamantla, un pueblo del altiplano a más de dos mil metros sobre el nivel del mar. La pureza del aire y un pico nevado que se elevaba más allá de la urbe me hicieron pensar en el Tíbet, aunque nunca hubiera estado allí. Se lo comenté a Anthony, que rio mientras conducía su coche, cuyo color hacía juego con el impecable traje azul marino que vestía aquella mañana. Se había excusado, como si vestir elegante fuera una frivolidad, asegurando que había tenido que recibir a dos proveedores a primera hora del día. Yo, como siempre que quedaba con él, me había arreglado con esmero y me había puesto un suéter muy ajustado rojo, unos pantalones de cuero beige que resaltaban mi figura y unos deportivos zapatos rojos a juego con el jersey.

—Fíjate en esa mansión —dijo, cuando entrábamos en la población, haciendo referencia a una hacienda de color rosado terroso con un precioso estanque redondo delante—. Ahí se rodó *La Escondida*, un clásico del cine mexicano. ¿La has visto?

—Creo que no... ¿pero cómo puedes saber tantas cosas?

—Me gusta informarme de los lugares a los que voy, eso es todo. Aunque no estemos aquí por turismo —murmuró.

Este último comentario provocó que se me hiciera un nudo en la garganta. Más allá de la amabilidad extrema de mi amigo y de la belleza de aquellos parajes, estábamos allí para hacer algo que yo aún no sabía en qué consistiría, pero que estaba destinado romper el «trabajo tan fuerte» de brujería que llevaba encima.

Anthony se detuvo a preguntar a unos lugareños y estos nos informaron que la residencia del padre Benito estaba en un convento en desuso a las afueras de la ciudad. Demostrando una encomiable capacidad de orientación, mi acompañante no tardó en llegar a una calle polvorienta donde se alzaba un edificio blanco y rojo con una pequeña torre.

—Tiene que ser aquí —dijo alzando la mirada, tras aparcar su coche a la sombra—. Vamos a llamar.

Al tocar el timbre, un sonido estridente resonó dentro de aquel edificio vetusto y misterioso en el que reinaba el silencio más absoluto. Anthony acercó el oído a la puerta de madera tallada, como un agente secreto de película, y sonrió guiñándome el ojo al advertir unos pasos rápidos que se aproximaban desde el interior.

En aquel momento miré a mi acompañanate y un deseo vehemente de besarle se apodero de mí. Me estaba acercando a él, cuando de repente la puerta se abrió y me frené en seco, devolviéndome mi mente al motivo por el cual nos encontrábamos en aquel lugar.

—Buenos días... ¿en qué les puedo servir?

El sacerdote, que hablaba con un acento claramente gallego, era bajito y moreno. Sus ojos penetrantes de color miel transmitían una extraña mezcla de bondad infinita y fuerza arrolladora.

Anthony, que lo había llamado unas horas antes para avisarlo de nuestra llegada, le dijo quiénes éramos, y yo le expliqué los descubrimientos sobre mi mal. El religioso me escuchó con gran atención, asintiendo levemente de vez en cuando para indicarme que comprendía totalmente lo que le estaba contando. Cuando terminé mi relato, abrió la puerta un poco más y señaló con su mano hacia algún lugar en la penumbra de aquel convento.

—Les ruego que me acompañen.

Siguiendo su sombra, pues no veíamos más que eso, llegamos a una pequeña capilla alumbrada por velas. Sus paredes estaban adornadas con multitud de imágenes de santos, vírgenes y ángeles, y había un crucifijo de grandes dimensiones en la pared principal.

El ambiente seco y frío se mezclaba con un poderoso olor a incienso y cera ardiente.

El padre Benito señaló dos lienzos con varias imágenes humanas irreconocibles, muy ensombrecidas por el tiempo y seguramente también por el humo de los cirios, y luego señaló varios cuencos que contenían un aceite oscuro y espeso.

—Estos santos óleos se han utilizado desde hace siglos para realizar limpiezas de malos espíritus y energías impuestas —nos informó—, provienen de una fórmula secreta que la Santa Madre Iglesia viene preparando desde tiempos antiguos y cuya elaborada y sagrada composición tiene el poder de limpiar y liberar las malas energías, el mal de ojo y tantos otros rituales que las fuerzas oscuras han hecho y hacen para apartar a los seres humanos de su verdadero propósito en esta vida, que es siempre alcanzar la paz y la calma del espíritu.

No supe si era por la situación o por el ambiente y el olor de la capilla, pero sentí que empezaba a respirar con dificultad.

Me giré en busca de un asiento y vi que había un círculo de sillas vacías alrededor de la capilla. En el centro había un taburete, y supuse que lo ocupaba el sacerdote para dar sus sermones.

—¿De dónde es usted? —le pregunté para atajar los nervios—. Su acento no es mexicano…

—Soy de Santiago de Compostela, pero hace tanto tiempo que salí de allí… Hice mis votos en el seminario y fui instruido especialmente en el Sagrado Conocimiento del Exorcismo. Desde entonces parte de mi trabajo en este mundo consiste en liberar el alma de las personas que, por una razón u otra, ha sido invadida por las fuerzas oscuras del mal.

Sus palabras me produjeron inquietud y, por qué no decirlo, miedo. Pero, por otro lado, me sentí agradecida de tener a aquel sacerdote en mi camino. Sentía que él podría ayudarme a eliminar aquel mal que me aquejaba, y en el fondo me sentía confiada y entregada a lo que fuera a suceder.

Cuando pensaba que el padre iba a iniciar su trabajo conmigo, empezó a llegar gente a la capilla. Aquello me asombró, más aún cuando nadie había llamado a la puerta. Supuse que esta había quedado abierta y que aquellos lugareños habrían entrado sigilosamente.

—¿Son fieles que acuden a rezar? —preguntó Anthony, que parecía tan sorprendido como yo de que aquella gente hubiera aparecido de la nada.

—No, han venido a ayudarme. Los he citado cuando usted me ha llamado esta mañana —le aclaró—. Estaban en la sacristía rezando y preparándose mientras los esperaban.

Miré inquieta a las cuatro mujeres y los dos hombres de expresión serena que ahora ocupaban sus sillas.

—No tema —me tranquilizó el padre Benito posando su mano pequeña en mi hombro—. Todos ellos tienen una intención común.

—¿Y cuál es esa intención? —pregunté con un hilo de voz.

Los ojos del sacerdote brillaron en la penumbra de la capilla.

—Ayudarme a arrancarle el mal que la posee y que la aparta de la luz.

La ceremonia

Los ayudantes iban vestidos de un blanco impoluto. El mismo color de la capa que el padre Benito me había puesto encima y que cubría todo mi cuerpo dejando visible solo la cabeza.

—Siéntese en este taburete en el medio de la sala —me ordenó—. Voy a cambiarme.

Durante dos minutos interminables, las miradas de los lugareños me atravesaron por dentro. Me sentía vulnerable y pequeña ante ellos y, por un instante, pasaron por mi mente las imágenes de lo que había vivido en el Monte del Alma.

El sacerdote regresó enfundado en una túnica blanca y la congregación juntó las manos pacientemente, a la espera de recibir sus instrucciones.

Tras una señal suya, el más joven de los ayudantes fue en busca de uno de aquellos cuencos que contenían los óleos de los que nos había hablado el padre Benito. El religioso recibió aquel líquido negruzco con un canto suave y monótono que fue replicado por el grupo. El eco de sus voces reverberó en la forma cavernosa de la capilla.

Acto seguido, el sacerdote vertió parte del líquido sobre mi cabeza. Lo noté caliente y fresco a la vez. Aunque parezca extraño, la sensación era esta. En la medida que el líquido espeso recorría mi cabeza, empecé a notar su intenso e indescriptible olor, mezcla de brea, aceites y hierbas aromáticas.

Cuando el párroco empezó a trazar la forma de una cruz sobre mi cabeza repetidamente con sus pulgares, sentí que el corazón se me disparaba y cada parte de mi cuerpo empezó a vibrar. A la vez que el padre Benito dibujaba con energía aquel símbolo en mi cuerpo, su voz se elevó para cantar en un idioma que al principio pensé que era latín y que luego sabría que era hebreo antiguo.

Los ayudantes, sentados en el círculo, repetían fervientemente lo que el sacerdote iba cantando.

Me di cuenta de que, sentado en una silla, Anthony formaba parte del círculo de sanación y que me contemplaba atento desde su asiento. Por la expresión de su cara y de su cuerpo y por la devoción con la que se entregaba a los cánticos, sentí en lo más profundo de mi corazón que yo no le era indiferente, sino todo lo contrario, y que estaría dispuesto a hacer cualquier cosa que yo necesitara si con ello lograba ayudarme.

Inmersa en aquellos pensamientos, no pude evitar sentir una gratitud muy grande por Anthony, y darme cuenta de que aquella sanación que estaba recibiendo era toda mi esperanza y el camino para salir de la espiral de oscuridad en la que me hallaba inmersa.

Sentada en el centro de la capilla, cerré los ojos mientras aquella viscosidad se derramaba por mi cabeza y bajaba, ya dentro de la capa, hasta otras partes de mi cuerpo.

No sé cuánto tiempo duró aquel rito. Solo sé que la cabeza empezó a darme vueltas y sentí que los pies se me despegaban del suelo más de una vez, como si la fuerza de la congregación me elevara por encima de la superficie de piedra.

Sentí miedo y alivio al mismo tiempo, convencida de que las cosas no podían ir a peor.

Al abrir los ojos al cabo de un rato, pude ver con más claridad a todos los participantes que habían ayudado al padre Benito y no pude evitar que mis ojos se llenaran de lágrimas y que un sentimiento profundo de gratitud me inundara. «Se puede llorar de plenitud», pensé. Entonces, con mis ojos, fui buscando los ojos de cada una de aquellas personas intentando transmitirles con mi mirada la gratitud que sentía hacia ellos. Cuando me encontré con los de Anthony, el corazón me empezó a latir con más fuerza y no pude sostenerle la mirada, su mirada clara me penetró a la vez que me leía el alma y yo no estaba preparada para que él supiera los sentimientos que cada vez más despertaba en mí, aunque su alma estuviera unida a otra persona más allá de la vida.

No sé cuánto tiempo más pasó, pero al final sus cánticos se hicieron más suaves hasta que se detuvieron.

Terminada la ceremonia, los acompañantes desfilaron en silencio hacia la salida mientras se despedían con una suave inclinación de cabeza, después de volver a darles a cada uno de ellos las gracias por su ayuda, esta vez de viva voz. Y pude comprobar maravillada que no sentía ningún dolor en mi cuerpo.

El padre Benito me ayudó a quitarme la capa y fue a por un par de toallas. Mientras yo me limpiaba la cabeza para tratar de deshacerme, sin éxito, de aquel ungüento pegajoso, con voz queda me dijo:

—Rezaré con los míos durante veintiún días para que el mal espíritu que la encadena se marche para siempre, pero usted debe ayudar, viniendo a verme otras tres veces. Además deberá repetir, veintiuna veces antes de ir a dormir y otras veintiuna al levantarse, la frase que le diré ahora: «El señor es mi pastor y nada me falta si estoy con Él». Ese será su mantra hasta que no nos veamos de nuevo. ¿De acuerdo?

Asentí, agradecida, antes de despedirnos.

Media hora después, Anthony y yo salíamos de Huamantla en medio de un silencio que no era ni tenso ni señal de indiferencia. Sentados el uno junto al otro en el coche, él me daba espacio para que pusiera orden en mis pensamientos y en mis sentimientos, mientras un paisaje árido y montañoso ayudaba a aquietar mi mente. Realmente me sentía mejor y era la primera vez en mucho tiempo que la paz y la alegría afloraban en mi interior.

De repente recordé lo que me había dicho Rosita unos días atrás y se me ocurrió preguntarle a mi acompañante:

—¿Te han hablado alguna vez del Templo del Corazón?

—Es posible… —contestó—. Pero hay tantos lugares sagrados en este país que uno pierde la cuenta. ¿Dónde está?

—No lo sé. Mi anciana y querida Rosita me mencionó este lugar en el que, según dice, se obran los milagros más espectaculares, pero no sé nada más.

—Preguntando se llega a Roma —dijo Anthony observando un camión solitario que se hallaba delante de nosotros—. En todo caso, tenemos todo el tiempo del mundo para averiguarlo, ¿no te parece?

Esto último me sorprendió. «¿Todo el tiempo del mundo?», pensé. Cada día me planteaba regresar a Barcelona, aunque fuera durante un instante, por lo que vivía en un estado emocional de provisionalidad permanente que no sabía si encajaba mucho con la visión de mi amigo. Aun así, no quise contradecirle y asentí.

Al fin y al cabo, quién sabía lo que me esperaba...

Cuarto paso: Perdona y mantén tu mente libre de críticas

Me sentía agotada por el viaje y todo lo que había implicado. Tras ducharme con agua casi hirviendo para arrancarme los restos de aquella pasta pegajosa del pelo, me vestí con un kimono de seda que me había comprado hacía algunos años en Barcelona. Al mirarme en el espejo, además de advertir que había recuperado buena parte de mis curvas, recordé de pronto que no me lo había puesto desde la última noche que había hecho el amor con Carlos.

Ese pensamiento me llevó inevitablemente a recordar también que ahora era otra la que le esperaba en casa vestida de manera sensual. Sin poderlo remediar, sentí que me envolvía una mezcla de tristeza y resentimiento hacia él y también hacia su joven y malvada amante brasileña.

La noche en la que cambió mi vida, Carlos me había dicho que quería formalizar la relación con ella. ¿A qué se había referido con aquello? Carlos no se había vuelto a poner en contacto conmigo, como hubiese sido de esperar si deseaba casarse con «la nueva». De hecho, la escasa comunicación con su entorno la había tenido con la persona que se ocupaba de ingresar los gastos de la casa, precisamente para reclamarle que el dinero había dejado de llegar, lo cual me obligaba a pagar con mis propios recursos una casa en una ciudad donde no había elegido vivir. Tomar conciencia de esto último fue la gota que colmó el vaso de la furia que había seguido acumulándose dentro de mí pese a todos mis esfuerzos.

Estaba a punto de arrancarme el kimono y hacerlo trizas cuando una mano suave y bondadosa me tomó de la muñeca con dulzura.

No necesité girarme para saber que Rosita volvía a estar allí, al rescate, cuando estaba a punto de dejarme vencer por la negatividad.

—Abajo hay dos platos de caldo de gallina capaces de despertar a un muerto —dijo con el tono cantarín que la caracterizaba.

La seguí a regañadientes, atrapada de nuevo en el circuito mental de la rabia y la autocompasión. Mientras servía dos copas de vino de la Baja California, aunque traté de entretenerla explicándole el trabajo que había hecho el padre Benito, ella adivinó cuál era la verdadera película que se proyectaba en mi mente.

—Creo que ha llegado el momento de que pasemos al cuarto paso hacia la liberación, *señito*.

El cambio de *recuperación* por *liberación* no me había pasado por alto, así que se lo hice notar.

—Tiene toda la razón, Patricia —admitió la cocinera—. Después del trabajo de don Julio, de la chamana de la montaña y del exorcismo, si no está recuperada poco le faltará. Pero la liberación es solo cosa suya.

—¿De qué liberación me hablas?

—De la que se consigue a través del perdón.

La miré con severidad y ella entendió perfectamente, una vez más, lo que estaba pensando: «¿Cómo es posible perdonar a alguien que te ha traicionado y que ha reducido a polvo las grandes ilusiones de tu vida?».

Pero Rosita también tenía una respuesta para eso:

—Sé que puede parecer muy difícil perdonar a la persona que la ha abandonado por otra y que la ha lastimado. Pero, si se mantiene en la rabia, el dolor la seguirá perturbando.

—Quiero liberarme del dolor, sí, pero no estoy segura de estar preparada para perdonar.

La cocinera dio un trago a su copa y tomó dos cucharadas de sopa, como si buscara las palabras justas para lo que quería contar.

—Para empezar —dijo al fin—, puede cambiar los pensamientos de condena por recuerdos agradables, de perdón. Eso la ayudará a mejorar su estado de ánimo. Porque, cuando el ánimo es diferente, toda la situación cambia. Le pondré un ejemplo muy simple y claro: ¿qué ocurre cuando no se echa leña al fuego?

—Pues… que se apaga, claro.

—Exacto, y lo mismo sucede con las emociones de las personas. Si no seguimos añadiendo pensamientos negativos a la situación que nos ha creado dolor, este irá menguando y, al final, se transformará en aprendizaje.

—Tiene mucho sentido tal como lo cuentas —admití con un gesto de aprobación—. Supongo que con lo contrario solo se consigue aumentar el incendio, ¿no?

—Así es, y al final quien se quema es uno mismo —aseguró dirigiéndome una sonrisa plácida—. Los pensamientos negativos son combustible para el malestar. Es como querer apagar un fuego echando gasolina encima.

Mientras tomaba aquel caldo reparador, medité sobre aquellas palabras llenas de sentido común y recordé lo que decía uno de mis maestros en Barcelona: «Lo obvio a menudo termina obviado».

—Si condena usted a la persona o a la situación —concluyó Rosita sacándome de mis pensamientos—, las cosas empeorarán y no conocerá el descanso. En cambio, si cambia la acusación y el rencor por el perdón y la benevolencia, la situación se transformará para su propio bien y el de todos los implicados.

—Benevolencia… —repetí consumida aún por el resentimiento—. Parece fácil de decir, pero difícil de aplicar.

—Nada es difícil cuando uno decide ponerse en camino —me aseguró Rosita muy tranquila—. Y no se preocupe, señora. Porque le voy a platicar sobre algunas prácticas que la ayudarán a que se haga el milagro.

Setenta veces siete

Los días siguientes me esforcé en aplicar la receta que me había dado Rosita, algo que al principio me pareció un reto casi imposible, pero que aplicaba con diligencia. Así, cada vez que pensaba en quien había dejado de ser mi marido, me repetía mentalmente: «Te perdono y te deseo lo mejor». Las primeras veces me había sentido poco más que una impostora, pero a base de repetir la frase algo fue cambiando sutilmente en mi interior. Con el paso de los días, aquel mantra tuvo un efecto balsámico en mi estado de ánimo. Y empezaba a creer que Rosita tenía verdaderos poderes ya que, con aquel ritual tan sencillo, mis heridas emocionales empezaron a cicatrizar y hasta sentía que cualquier conjuro contra mí se desintegraría en el aire como pompas de jabón.

Ese cambio, sumado a la plegaria del padre Benito, que cada noche y cada mañana me repetía veintiuna veces, hizo que, poco a poco, mi estado de ánimo se fuera transformando. Y la agitación fue reemplazada por una sensación de paz y tranquilidad desconocida desde hacía mucho tiempo.

Puesto que desde que seguía los pasos de Rosita estaba saliendo del pozo, acepté también llevar a cabo un ejercicio para reforzar ese cambio interior y me dispuse a escribir en mi diario, setenta veces al día durante siete días, una frase que representara la situación que había vivido.

Buscando la fórmula más sencilla, decidí que sería: «Yo, Patricia, perdono a mi marido por haberme abandonado por otra».

Y, tal como me pidió Rosita, en una página aparte escribía también todo lo negativo que espontáneamente surgía en mi mente, sin aplicar ninguna censura.

—Escriba todo lo que le salga, señora —me había aconsejado mi sabia cocinera—. Aunque sean insultos. Pero por cada frase negativa que escriba, pondrá al lado la afirmación del perdón. Así conseguirá que salga todo el veneno y se irá limpiando hasta que desaparezca del todo de su mente. Igual que cuando encendemos la luz de una habitación la oscuridad desaparece, el amor y la benevolencia disuelven la malevolencia y el dolor.

Sin nada que perder, me había entregado a aquel trabajo minucioso de «tirar de la cadena», como decía Rosita.

—No termine el día sin haber completado las setenta frases —me había advertido—. Porque entonces deberá empezar el trabajo desde el principio otra vez. Ya sabe, siete días seguidos…

—Escribirlo setenta veces, me ha quedado claro.

Al preguntarle de dónde había sacado aquel ejercicio tan fatigoso, ella me había mirado con incredulidad y había dicho:

—Del maestro Jesús de Nazaret, por supuesto. Nos dejó este trabajo poderoso y divino como parte de su legado. ¿No se acuerda del pasaje? Cuando fue preguntado por uno de sus discípulos hasta cuántas veces debíamos perdonar a nuestros enemigos, Jesús contestó: «Setenta veces siete». Y, cuando lo haga, usted también se sentirá en paz con el mundo, y con su exesposo.

Rumbo a Oaxaca

Cumpliendo las instrucciones del padre Benito, Anthony me llevó tres veces más a visitarlo para terminar las sanaciones. Y, aunque solo éramos buenos amigos, cada vez me sentía más atraída por él y albergaba la esperanza de que yo tampoco le fuera indiferente.

La práctica del perdón a Carlos, y recitar cada noche y cada mañana la plegaria del sacerdote me habían funcionado, pues últimamente me sentía invadida por una inusual calma.

De repente, ya no me importaba que Carlos hubiera iniciado una vida distinta sin mí ni tampoco que su novia me hubiera intentado destruir a través de la magia negra, si es que aquello era cierto.

Lo esencial era que había vuelto a la vida y aceptaba plenamente mi soledad, al menos por un tiempo. Las migrañas habían desparecido y ya no me despertaba sobresaltada en mitad de la noche. Había recuperado los kilos perdidos e incluso los había colocado en su sitio, desde que acudía diariamente al gimnasio. Salía a pasear por el barrio y me quedaba fascinada viendo las jacarandas que había en el paseo con sus flores, cuyos pétalos de color liláceo al caer formaban una alfombra que se extendía por todo lo ancho de la avenida. Era como si de repente pudiera volver a maravillarme con la belleza de la vida.

Por otra parte, a través de un amigo de Bárbara que era abogado, había podido resolver los aspectos económicos y burocráticos con Carlos, de una forma amistosa que me hacía sentir bien.

Recuperada mi autoestima, me conformaba con aquella vida sencilla, compartiendo confidencias y ejercicios de mejora con mi cada vez más querida y sabia Rosita.

Algunas veces me preguntaba por qué no regresaba a Barcelona, pero sabía que todavía no había encontrado lo que había ido a hacer a México, el aprendizaje que tenía que llevarme de allí. Además siempre había algún motivo suficiente para quedarme en el país, como el que me dio Anthony una tarde cuando me llamó para proponerme pasar el fin de semana siguiente en un bungaló de la costa de Oaxaca.

—Me apetece mucho el plan —respondí enseguida teniendo que disimular mi alegría y excitación ante la propuesta—. Pero no quiero que me invites, cada uno paga lo suyo.

—OK. *Going dutch*, como decimos en inglés.

El viernes por la mañana, muy temprano, Anthony aparcaba delante de Las Candelas con su Jaguar recién lavado y una sonrisa radiante.

Antes de salir de casa con un par de mudas, la toalla y el biquini en la bolsa, Rosita me dio un abrazo maternal y me entregó un sobre, aclarando:

—Ahí tiene el paso número cinco, *señito*. Creo que el lugar donde va será perfecto para ponerlo en práctica. Ah, y cuídese mucho.

Algo sorprendida, lo guardé en mi bolsa sin ni siquiera abrirlo y besé en la frente a aquel ángel con el que tenía el privilegio de vivir.

Cuando arrancamos en dirección al sudeste, tomé un mapa de México de la guantera para calcular la distancia que nos separaba de nuestro destino.

—Debe de haber casi quinientos kilómetros hasta Oaxaca…

—*Yes, madame* —confirmó Anthony—. De hecho son más de setecientos hasta Mazunte, donde he reservado el hotel. Es un pueblo de playa muy *hippy*. Lo descubrí cuando me instalé en México y he vuelto varias veces. Pero hay que tener cuidado con las olas. Son tan gigantes que cada año hay varios bañistas que se ahogan.

—No te preocupes por mí, *cowboy* —bromeé—. Probablemente soy mejor nadadora que tú.

—Eso no es difícil —aseguró Anthony riéndose—. Soy de nadar pegado a la orilla, como los cobardes.

—Bueno, eres valiente en otras cosas.

Nada más soltar esa frase me di cuenta de que no sabía exactamente por qué la había dicho. Pero por la manera en que me miró, supe que le había gustado el comentario.

Justo entonces sonó en la radio una canción de Julieta Venegas que parecía estar escrita para nosotros.

Hay tanto que quiero contarte,
hay tanto que quiero saber de ti,
ya podemos empezar poco a poco.
Cuéntame qué te trae por aquí.

No te asustes de decirme la verdad,
eso nunca puede estar así tan mal.
Yo también tengo secretos para darte,
y que sepas que ya no me sirven más.
Hay tantos caminos por andar...

Dime si tú quisieras andar conmigo...
Cuéntame si quisieras andar conmigo...

Entendí que aquella canción era una señal, así que me lancé a decirle:

—Anthony, hay algo que he intentado preguntarte varias veces en los últimos días, pero te vas siempre por las ramas.

—¿Por las ramas? —repitió extrañado—. ¿Qué quieres decir?

—En castellano significa que la persona evita contestar directamente a una pregunta.

—Entiendo... ¿y cuál es la pregunta?

Inspiré hondo y me llené de valor para hacerle la pregunta que tenía en mi mente desde hacía varios días. «Ahora o nunca», pensé, y la dispare:

—¿Por qué me has invitado a pasar el fin de semana juntos, Anthony? Ya sé que me explicaste lo de la sopa y que te gusta ayudar, pero no creo que seas una hermanita de la caridad, ¿verdad?

Como toda respuesta estalló a reír, lo cual me hizo pensar que tampoco entendía exactamente lo que significaba *hermanita de la caridad.* Él mismo se encargó de aclararme que sí me había comprendido perfectamente.

—Tienes razón, Patricia. Actúo por puro interés —me dijo clavando sus ojos azules en los míos—. Pero creo que ya te lo dije: la vida resulta mucho más agradable e interesante contigo cerca.

—Eso ha sonado bien —dije mientras sentía cómo me ruborizaba—. ¿Pero qué hace que te resulte mucho más agradable? No soy especial, y mucho menos en la época en la que nos hemos conocido. Tampoco tengo nada extraordinario que contar.

—¡Ahí está! Lo extraordinario es eso, que una mujer como tú no se dé cuenta de su poder.

Me miró unos breves instantes más antes de volver a posar sus preciosos ojos en el horizonte.

Mazunte

Tras varias horas de conducción en la que ambos nos contamos vida y milagros, comimos en un restaurante de Oaxaca. Todo en la ciudad me pareció fascinante: sus grandes casas y palacetes de estilo colonial, sus preciosas y coloridas plazas, sus buganvilias de brillante color naranja y violeta colgando de los muros, el intenso olor a maíz y frutas tropicales que invadían el aire... Sin duda, la compañía de Anthony tenía mucho que ver con la intensidad que percibía en todo.

Sin embargo, de regreso al coche, la comida, el vino y el cansancio acumulado hicieron que los ojos se me cerraran. No sé el tiempo que me quedé dormida, pero cuando volví a abrirlos, la tarde estaba ya declinando y surcábamos una estrecha carretera bordeada de árboles frondosos.

Tras aparcar bajo un cobertizo de palma, Anthony me indicó con un movimiento de cabeza que ya habíamos llegado. Una suave música de guitarras provenía de un restaurante llamado La Cuisine, donde él entró con la familiaridad de quien ha estado allí incontables veces. Los saludos de la cocinera y de los camareros acabaron de confirmarme esta impresión.

Un joven lleno de *piercings* le lanzó desde detrás de la barra un manojo de llaves y le preguntó en marcado acento francés:

—¿Cenarás aquí esta noche?

—*Cenaremos*, si esta dama lo considera oportuno.

El francés le guiñó el ojo como toda respuesta. Y, acto seguido, Anthony me tomó de la mano, lo que provocó un concierto de percusión en mi corazón, y me llevó hasta la playa donde, en sus propias palabras, se alzaba el bungaló.

Aquello resultó ser literal. La cabaña era una atalaya en un lugar privilegiado de la costa, donde a aquella hora del atardecer una docena de bañistas charlaban y bebían cerveza mientras contemplaban las grandes olas desde la arena.

Antes de subir al pabellón por una escalera hecha con pequeños tablones, mi acompañante se puso las manos en la cintura y dijo:

—Mazunte es un ejemplo vivo de que hay esperanza para el mundo.

—¿Lo dices por su belleza? —dije sobrecogida ante aquella cala agreste, al abrigo de un cinturón de espesa vegetación.

—Más allá de eso, este fue uno de los primeros lugares de México donde se inició el turismo ecológico. Después de siglos dedicados a robar los huevos de las tortugas y a matarlas.

—¿De verdad hacían eso?

—Sí. Eran un pueblo de pescadores que vivían de las tortugas y del cangrejo azul, que ahora también está protegido. En lugar de seguir matando, decidieron construir casas de adobe con techos de palma, lavabos ecológicos y placas solares para la electricidad.

Repasé con la mirada aquella aldea playera que era la viva imagen del paraíso. Luego desvié la mirada hacia el bungaló más alto de Mazunte, del que teníamos las llaves, y no pude evitar sentirme excitada al tiempo que me preguntaba si habría dos camas separadas o una de matrimonio.

Al llegar a lo alto, descubrí que la respuesta estaba a medio camino entre ambas. El sencillo espacio contaba con dos camas, pero tan cerca la una de la otra que apenas las separaba medio palmo.

Sin poderme creer aún que estuviera en aquel vergel de hermosura junto a Anthony, abrí los ventanales y el crepúsculo marino me inundó con su fuerza plácida.

—Mañana, cuando te despiertes, verás el mar más turquesa que has visto en tu vida —comentó Anthony con satisfacción—. ¿Quieres darte una ducha o voy yo primero?

Hubiera deseado decirle: «Vamos a ducharnos los dos juntos», pero contesté de forma más recatada.

—Tú primero, *driver*. A mí me gusta ducharme antes de acostarme.

—Como quieras —sonrió—. Me ducho en diez minutos y bajamos a
La Cuisine, ¿de acuerdo? Tiene un aspecto muy informal, pero la cocinera
es un verdadero genio.

Dicho esto, abrió la puerta haciendo que un inquilino del baño ecológico se diera a la fuga. Con más curiosidad que miedo, vi que un precioso
cangrejo de coraza azulada y tenazas naranjas cruzaba el bungaló hasta escapar por la puerta.

Cuando empezó a correr el agua, me tumbé en la cama y, mientras
contemplaba el techado de palma con el rugido del mar de fondo, suspiré.
«Aquí y ahora, todo está bien», me dije.

Justo entonces recordé el sobre que me había entregado Rosita antes de
partir y me entró un gran deseo de saber en qué consistía el siguiente paso.

Saqué el sobre de mi bolsa y lo mantuve unos segundos entre mis dedos.
Olía a café y especias, lo cual demostraba que había sido escrito en aquella
cocina donde mi alma dolida solía encontrar reposo mientras compartíamos
tantas confidencias.

Lo abrí con cuidado y de su interior extraje dos finas hojas de papel
rosado escritas con la letra pulcra de una niña que se esmera en clase de
caligrafía. Empecé a leer y, con un escalofrío, entendí por qué Rosita había
dicho que me encontraba en el lugar perfecto para ponerlo en práctica.

Quinto paso: Practica el poder de la gratitud

Querida Patricia,

Sé que durante semanas ha sufrido mucho recordando lo que su exmarido le ha hecho, su traición, su falta de sensibilidad. Pero ha podido aliviar su enfado, y lo ha sanado en su diario con el ejercicio que lleva días practicando. Ya sabe: setenta veces siete.

Ha llegado el momento de que dé un paso más, señito. *Ha llegado el momento de que se transforme usted a través del don de la gratitud.*

Puede que al principio le cueste, pero ahora deberá anotar todas las cosas buenas que haya vivido con su exmarido y que sea capaz de recordar.

En vez de dar acogida al odio y la frustración, va a reemplazarlos por el don de la gratitud.

Tome nota de todos los momentos y cosas buenas que han vivido juntos, verá que han sido muchos.

Mi abuela me enseñó que el don del agradecimiento es muy poderoso y transformador. Cuando lo practicamos, nuestra vida cambia y empiezan a suceder cosas hermosas a nuestro alrededor.

Dicen los sabios de mi pueblo que todo nuestro mundo está regido por leyes que son el manual de instrucciones para que podamos vivir felices nuestra existencia aquí en la Tierra. Pero es a nosotros, a las personas, a quienes nos corresponde actuar de acuerdo a estas leyes para solucionar los problemas y mejorar nuestra vida.

Así pues, anote en su cuaderno todas las cosas buenas de las que sea capaz de acordarse de su exmarido y de su relación con él. De este modo, cuando las vaya escribiendo, irá entrando en el milagroso campo de acción de la gratitud y se sentirá muchísimo mejor, ya lo verá.

Además atraerá muchas cosas buenas que ni siquiera es capaz de imaginar ahora. Imagine, Patricia, que el universo es como un padre bondadoso que tiene una gran fortuna y que la quiere repartir entre sus hijos. ¿A quién cree que le dará más? ¿Al que agradece todo lo que recibe, por pequeño que sea? ¿O al que considera que lo merece todo, que no tiene nada que agradecer y que siempre se queja? La respuesta está bien clara: el universo siempre premia a quien sabe agradecer lo que le es dado.

La quiere y agradece su existencia.

ROSITA

Las huellas de Dios

Aquel restaurante rústico a pie de selva servía una fusión deliciosa de cocina francesa y mexicana. Anthony pidió el menú de tres platos para los dos y unas botellas de Tierra Blanca, la cerveza oaxaqueña más conocida.

Aunque me sentía a las mil maravillas allí, en aquel rincón hermoso del mundo y con tan buena compañía, al mismo tiempo me embargaba una sensación de vértigo. «No puede ser que esto me esté sucediendo a mí», me decía desde algún rincón de mi conciencia. Mi acompañante había dado suficientes muestras de que solo buscaba una amistad, pero incluso eso me parecía un regalo del cual no era merecedora. ¿Significaba aquello que el poder de la gratitud se había activado en mi interior?

El sonido del botellín de Anthony contra el mío me despertó de aquellas cavilaciones.

—¿En qué piensas? —me preguntó.

—En mil cosas… —reconocí—. Sé que te parecerá una bobada, pero desde que hemos llegado aquí me he dado cuenta de que no estoy sola en el mundo.

—Claro que no lo estás —dijo poniendo un instante su mano sobre la mía.

Yo sabía que aquel era un gesto fraternal, pero aun así no pude evitar que mi corazón volviera a golpear con fuerza.

—Me refería a algo más misterioso, no sé cómo explicarlo —balbuceé—. Desde que me abandonó Carlos, aunque tenía el apoyo de una amiga, de Rosita y el tuyo, claro, me sentía perdida en un desierto sin final.

—Y ahora lo ves distinto.

—Sí, y no sé por qué. En apariencia nada ha cambiado, pero al mismo tiempo ya no me siento sola ni desamparada.

Anthony dio buena cuenta de su ensalada y, después de dar un largo trago a la cerveza, dijo:

—Esto me hace pensar en un cuento que leí de pequeño en clase de religión. Hablaba de un pescador solitario que vivía de forma muy sencilla con el mar, su barca y la arena. Rezaba cada día dando las gracias por todos los bienes recibidos y se encomendaba a Dios cada vez que salía de pesca.

Bebí lentamente mi cerveza mientras escuchaba embobada su relato. Me encantaba cómo su voz hacía las pausas necesarias para dar sentido y emoción a la historia.

—Un día, se atrevió a pedir a Dios un signo claro de su presencia y de su compañía constante —continuó—. Le dijo: «Señor, hazme ver que tú siempre estás conmigo». Al pronunciar esta oración, mientras caminaba despacito a la orilla del mar, sintió una gran paz en su alma. La playa solitaria donde se desarrollaba su vida terminaba en unas rocas, y, al darse la vuelta para regresar a casa, observó asombrado que junto a las huellas de sus pies descalzos había otras, claramente marcadas en la arena.

—Las huellas de Dios —dije fascinada.

—Sí, y al ver que el pescador se había dado cuenta de ello, una voz le habló para decirle: «Mira, ahí tienes la prueba de que camino a tu lado. Esas pisadas tan cercanas a las tuyas son las huellas de mis pies. Tú no me has visto, pero yo caminaba a tu lado».

»El pescador sintió una alegría inmensa. Aquello sobrepasaba todo lo que hubiera podido soñar y, a partir de aquella prueba de Dios, la gratitud de aquel hombre no tuvo límites en su alma. Alababa a su Señor cada día, y pedía para todas las personas necesitadas. Pero no todos los días eran radiantes y había jornadas de tormenta y frío, y madrugadas de labor infructuosa en las que regresaba del mar violento con las manos vacías. Aquellos días, el pescador caminaba muy triste por la playa solitaria.

»Una tarde que había llegado hasta las mismas rocas en las que se había manifestado el Creador, al darse la vuelta y ver solo las huellas de sus pies descalzos, levantó la voz para protestar: «Señor, caminaste conmigo cuando estaba alegre y sereno, y me lo hiciste ver. Ahora que estoy con el alma por los suelos, ahora que el desánimo y la fatiga van minando mi vida... me has dejado solo. ¿Por qué? ¿Dónde estás ahora, Señor?».

»La respuesta no se hizo esperar: «Querido amigo, cuando estabas bien y la serenidad colmaba tu alma, yo caminaba a tu lado. Por eso pudiste ver mis huellas en la arena. Ahora que estás triste y cansado, ya no camino a tu lado porque he preferido llevarte en brazos. Las pisadas que ves en la arena no son las tuyas. Son las mías, más profundas y marcadas por el peso de ambos».

Amanecer azul

Tras rematar la cena con un trago de tequila, de regreso a nuestra cabaña yo sentía que mis pies no tocaban el suelo. Anthony no me tomaba de la mano como había hecho a nuestra llegada a Mazunte, pero en mi interior sentía que nos unía un hilo invisible, cada vez más fuerte.

Todo el mundo en aquella playa parecía dormir bajo el suave rumor de las olas, que acariciaban la arena con la cadencia de un reloj que marca el pulso del mundo.

Bajo la claridad de la luna, subimos los empinados peldaños hasta lo alto del bungaló.

Me descalcé en la puerta y, al encender la luz, miré con cuidado el suelo que pisaba para no aplastar ninguno de aquellos preciosos cangrejos azules. Y, para no incomodar a Anthony mientras se desvestía, fui al baño para tomar mi ducha antes de acostarme.

No fue hasta estar bajo el chorro de agua caliente que me di cuenta de que había olvidado algo esencial al hacer el equipaje para aquel fin de semana: el camisón de dormir.

Mientras me lavaba el pelo con un champú de brea, me dije que dormiría con una camiseta y braguitas. A fin de cuentas, mi acompañante tampoco me vería bajo las sábanas, y era demasiado cortés como para iniciar un ataque como yo habría deseado. Sin embargo, para mi sorpresa, ni siquiera tuve que pasar vergüenza al volver a la habitación, pues Anthony estaba dentro de su cama y dormía profundamente abrazado a la almohada.

No pude evitar sentir una ligera decepción. Aunque no tuviera que pasar nada entre nosotros, era nuestra primera noche juntos y me habría gustado charlar con él antes de dormir.

Aun así, la perspectiva de amanecer a su lado en aquel lugar maravilloso, desayunar juntos y bañarnos en aquellas aguas turquesas bastó para que me metiera bajo la sábana con un sentimiento de emoción y felicidad que no recordaba haber sentido desde niña, cuando iba con mis padres a Mallorca y todo era una aventura.

La azulada luz de la luna y las estrellas me permitía contemplar la silueta de Anthony y, antes de cerrar los ojos, estuve un buen rato observando sus facciones perfectas en estado de total relajación. De vez en cuando movía los labios levemente, como si estuviera hablando a alguien en alguna dimensión que no era aquella. Celosa incluso de aquello, me preguntaba qué estaría soñando y quién estaba con él.

Antes de abandonarme yo también al sueño, no pude evitar pasar mi mano por sus cabellos alborotados y los acaricié suavemente, antes de tumbarme de nuevo en mi cama. Pero, como si mi caricia de buenas noches hubiera despertado en él algún secreto resorte, de repente Anthony extendió una mano y fue en busca de la mía.

Al sentir su tacto en la calidez de la noche, un escalofrío me recorrió de la cabeza a los pies.

Sostuve su mano un instante de radiante felicidad. Luego la llevé hasta mi vientre y la mantuve allí, suave y vibrante, mientras un deseo irresistible me incendiaba por dentro.

Aun así, sin saber cómo, logré dormirme.

Horas después, el resplandor naranja de un sol gigante me despertó de forma plácida. Anthony dormía aún profundamente, con la sábana cubriéndole hasta media espalda. Antes de salir de la cama, admiré la perfección de sus hombros, de los que nacía un cuello fuerte que sostenía aquellos cabellos dotados de una rebeldía juvenil.

Al abrir la puerta del balcón, el mar de Mazunte me inundó con su azul desbordante y sentí que se me escapaban lágrimas de emoción.

Estuve un buen rato contemplando el brillo de las olas bajo los primeros rayos del día, mientras un sentimiento de gratitud se iba apoderando de mí.

Recordé entonces el quinto paso que Rosita me había pedido que realizara en la carta, y me dije que aquel era el momento de cumplirlo.

Así que fui a por mi cuaderno y, tras comprobar que Anthony seguía durmiendo, salí al balcón a escribir con el majestuoso amanecer como testigo.

Quiero darte las gracias

Querido Carlos,

Sé que nunca vas a leer esta carta que, de hecho, no es una carta. Es una declaración de gratitud que quiero plasmar en esta libreta que me acompaña allí donde voy.

Sí, yo misma me sorprendo de estar escribiendo esta palabra, GRATITUD, pero eso es lo que siento, aquí y ahora, al hacer una lista de todas las cosas bonitas que hemos vivido juntos.

Quiero darte las gracias por...

—todas las conversaciones que tuvimos aquel agosto inolvidable que nos conocimos. Yo venía de una etapa de gran soledad y, justamente aquel mes en que la ciudad estaba vacía, te encontré y me hiciste confiar de nuevo en la bondad del universo.

—el año que pasamos de novios antes de irnos a vivir juntos. Ya entonces estabas muy ocupado, pero yo esperaba los viernes por la noche con la ilusión de una niña.

—nuestra boda, tan celebrada por tus amigos y los míos, aunque hizo feliz especialmente a mi madre en sus últimos meses de vida. Te doy las gracias también por haber esperado a que ella no esté para marcharte. Para ella era muy importante dejar las cosas en orden antes de su último viaje.

—nuestro primer piso en Barcelona. Allí aprendí lo que es compartir las pequeñas cosas, que son las más grandes, con alguien a quien amas. Aquel apartamento de dos habitaciones estará siempre en mi memoria como un rincón del paraíso. ¡Nos las prometíamos tan felices!

—*haberme llevado a México contigo. Aunque es justamente el lugar donde lo nuestro ha terminado, te doy las gracias por haberme permitido conocer este país maravilloso, lleno de paisajes de leyenda y de gente fuerte y hermosa. También te agradezco que aceptaras la casa de Las Candelas, porque allí he conocido a Rosita, que es un puntal de mi vida y una inspiración constante.*

—*haberme abandonado. Sí, sé que suena muy extraño. Pero también voy a darte las gracias por haber salido de mi vida, ya que sin este abismo que abriste bajo mis pies no habría descubierto todo lo que estoy aprendiendo sobre mí misma. Y no habría llegado a esta playa maravillosa que me inunda de felicidad.*

Por todo esto, te deseo una dichosa andadura en todo lo que te propongas y con quien desees estar.

Y te digo GRACIAS con mayúsculas.

Desde este rincón del paraíso, te bendigo y te deseo lo mejor.

Con todo mi corazón,

PATRICIA

La fuerza del Pacífico

Tras cerrar mi diario, la playa seguía desierta, a excepción de algún nadador solitario que se jugaba la vida entre el oleaje y las fuertes corrientes.

Ya que el resto de la comunidad parecía dormir, incluido a mi acompañante, decidí que me daría el lujo de bañarme sola para celebrar aquel nuevo día.

Bajé los escalones hasta la arena y sorteé unos cuantos bungalós hasta llegar a la orilla. Fue entonces cuando me di cuenta, con cierta vergüenza, de que había bajado con braguitas y camiseta. Tal como había dormido.

En otras circunstancias habría regresado inmediatamente a buscar mi biquini, pero me dije que estaba sola allí y Mazunte me invitaba a hacer algo mucho más natural, así que me desnudé y, tras dejar mi escasa ropa sobre una hamaca vacía, corrí hacia el mar y me zambullí dando un salto temerario.

El frescor del Pacífico vivificó todo mi cuerpo mientras daba brazadas para entrar en calor. Olvidando demasiado pronto las advertencias sobre la peligrosidad del lugar, me adentré un poco en el mar y, ofreciendo mi cuerpo al sol, me dejé mecer por las enormes olas que me levantaban en vilo como si estuviera en un parque de atracciones.

En una de aquellas ascensiones vertiginosas vi la figura de Anthony en el balcón, que me hacía señales para que volviera.

Lo único que me preocupaba en aquel momento era que estaba totalmente desnuda, así que me decidí a salir antes de que mi amigo bajara hasta la playa y me viera emerger del agua como había llegado al mundo.

Esperé a que la ola bajara para bracear con fuerza en dirección a la arena, pero una fuerte corriente me llevó entonces hacia atrás, donde fui engullida por una ola descomunal.

Tuve el tiempo justo para cerrar la boca, y eso me libró de que los pulmones se me llenaran de agua y me ahogara allí mismo.

Aterrorizada, empecé a dar brazadas sin sentido, pero no lograba salir a la superficie. Zarandeada por la violenta corriente, ni siquiera sabía en qué dirección debía nadar para salir del agua. Un nuevo embate me hundió todavía más.

Incapaz de salir de aquella trampa mortal, con los pulmones a punto de reventar, me dije que aquello era el final.

Estaba a punto de abrir la boca y abandonarme a la muerte, cuando una fuerza distinta tiró de mí en una sola dirección.

No fue hasta salir a la superficie que me di cuenta de que Anthony me agarraba desde atrás, manteniendo mi cabeza fuera del agua.

Con una fuerza que contradecía totalmente lo que había dicho al llegar a Mazunte, mi salvador logró mantenernos a flote en medio del oleaje, a la vez que iba avanzando hacia tierra firme.

En un momento de aquella operación de rescate, la cresta de una ola nos capturó de lleno precipitándonos contra la arena. Y sentí que el brazo de Anthony protegía mi cabeza para evitar el golpe.

Cuando la ola se retiró, me arrastró hasta un lugar seguro de la playa.

Entonces me desmayé.

Me desperté varias horas después en la cama del bungaló, cubierta por la sábana y vestida tal como estaba antes de lanzarme locamente a las olas.

Anthony había salido.

Una vergüenza infinita me asaltó al pensar que él me había vestido con sus propias manos antes de subirme en brazos hasta nuestro refugio. Mi única esperanza era que, por haber estado a punto de ahogarse él también, no hubiera prestado atención a mi cuerpo desnudo.

Pero, al mismo tiempo, sentía una gratitud hacia él cada vez más incómoda. Si ya era mucho lo que había hecho por mí sin yo merecerlo hasta aquel momento, ahora debía sumarle que hubiera arriesgado su vida para salvar la mía. Definitivamente, pensé, ya nunca podría devolverle todo lo que me había dado.

Estaba sumida en aquellos pensamientos cuando Anthony empujó la puerta, cargado con una bandeja y dos botellines de cerveza.

—Uy, ¿no hemos bebido suficiente esta mañana? —traté de bromear para quitarle importancia al asunto.

—No era una cerveza como esta. Vamos a brindar, porque hemos vuelto a nacer y el mundo se despliega ante nosotros.

Acto seguido me acercó un vestido de mi maleta, y se dio la vuelta simulando que miraba algo más allá de la puerta.

—Oye, no disimules —le reñí—. Sé que me has visto en pelota picada. ¿Entiendes esa expresión?

—Creo que sí —dijo girándose mientras yo me enfundaba el vestido de verano—. Pero no sufras, estaba demasiado centrado en salvarte la vida para fijarme. Y, en todo caso, la desnudez es algo natural, ¿no crees?

—Bueno, no tanto —aseguré para chincharle—. Yo no te he visto a ti tan… natural, por ejemplo.

Anthony rio antes de decir:

—Eso tiene fácil solución. No muy lejos de aquí hay una playa nudista. Podemos ir mañana, y así quedamos empatados.

Los tres arrepentimientos

Poco después, Anthony llevó al balcón una fuente de antojitos y enchiladas que, juntamente con las cervezas, había comprado en un restaurante cercano.

Mientras devorábamos nuestro almuerzo a una hora mediterránea, tomé conciencia de que no hacía ni veinte horas que estábamos en Mazunte y ya había vivido más que en muchos meses de mi vida anterior. Al comentárselo, él miró el horizonte marino a través de sus gafas de sol y declaró:

—Ya dijo Einstein que el tiempo es relativo: «Pon tu mano en una estufa durante un minuto, y te parecerá una hora. Siéntate junto a una chica bonita durante una hora, y te parecerá un minuto».

—Muy interesante —dije cruzando las piernas—. Entonces... este rato que estás pasando ahora conmigo, ¿qué te parece? ¿Una hora o un minuto?

Anthony, sentado a mi lado, se pasó la mano por la barbilla, fingiendo que meditaba la cuestión.

—Como mucho, una fracción de segundo —decidió al fin.

Le di un suave codazo en las costillas para demostrarle que no me creía aquella galantería, aunque lo cierto era que me había encantado. Sin embargo, al contemplar que una ola rompía brutalmente contra la arena, recordé lo que habíamos vivido aquella misma mañana y le pregunté:

—¿Has estado alguna vez a punto de morir? Aparte de esta mañana, quiero decir.

—Más de una vez, claro —dijo con una extraña seguridad—. La vida es un deporte de riesgo permanente.

Fruncí el ceño sin entender por qué había dicho aquello, pero él mismo se encargó de aclararlo.

—Especialmente desde la muerte de mi esposa, vivo cada día como si fuera el último. Nunca sabemos en qué momento nos van a hacer bajar del tren.

—Entonces hay que disfrutar cada instante —le dije con mirada desafiante.

—Sin duda, de eso se trata. Por eso estamos aquí.

Tras estas palabras se hizo un silencio que no fue incómodo, con el mar de fondo rugiendo como entreacto.

A aquella hora de la tarde el calor apretaba lo suyo, y Anthony vació medio botellín de un trago. Luego añadió:

—Hay un rito tibetano para quitarse el miedo a la muerte que es bastante radical. Entierran a la persona viva y la dejan un rato bajo tierra mientras le ofician un funeral y todo. Luego la desentierran y la pobre infeliz ya sabe lo que es estar muerta.

—¿Y para qué sirve eso?

—Además de familiarizarte con lo que te va a pasar algún día, es un acicate para vivir intensamente cada día. Sin tener que decir al final de tu vida: «ojalá hubiera…».

—Sí, eso es horrible.

Tal vez porque aún me sentía débil, la cerveza se me subió a la cabeza como si fuera tequila.

—Hace unos meses leí el libro de una enfermera que trabajó con pacientes terminales, Bronnie Ware, y que se dedicó a apuntar las cosas de las que se arrepentían los moribundos al final de sus vidas —me explicó Anthony.

—¿Y cuáles eran? —pregunté muy interesada.

—La enfermera recogió cientos de ellas, pero había cinco principalmente. Recuerdo perfectamente las tres primeras: «Ojalá hubiera tenido el coraje de hacer lo que realmente quería hacer, y no lo que los otros esperaban que hiciera».

—Guau… esa es buena. Yo debería habérmelo aplicado hace tiempo.

—Y yo, pero aún no estamos en el lecho de muerte —sonrió—. Lo nuestro tiene arreglo aún.

Siguiendo un impulso, tomé su mano y la besé levemente antes de soltarla. Luego le pregunté:

—¿Y los otros arrepentimientos comunes?

—El segundo era: «Ojalá no hubiera trabajado tanto». Aunque nosotros, ahora mismo, no somos un ejemplo de eso.

—En Barcelona, yo trabajaba sin parar.

—Como yo en California. Es una suerte haber escapado de allí —dijo.

Brindó conmigo chocando su botellín, y luego siguió explicando:

—El tercero y que recuerdo era: «Ojalá me hubiera atrevido a expresar lo que realmente sentía».

—Ese es muy importante —dije envalentonada—. Realmente, es una lástima irse de este mundo sin haber podido decir exactamente lo que sientes.

Anthony asintió.

—La playa nudista a la que iremos mañana… —dije siguiendo una idea—, ¿es tan peligrosa como esta?

—¡Más aún! En Zipolite se ahogan muchas más personas que en Mazunte. Allí las olas son como montañas y haremos bien de no mojarnos más allá de los pies. ¿Por qué me lo preguntas?

—Bueno… Como no sé si podré ceder a la tentación de bañarme, por si acaso muero, quiero decirte algo.

Con un gesto rápido, Anthony me tapó los labios con dos dedos y me rogó:

—No digas nada, Patricia.

—¿Por qué no? —dije, apartándole la mano.

—Es una lástima usar las palabras cuando se puede hablar por otros medios.

Y, antes de entender lo que quería decirme, sus labios se posaron en los míos.

La lección del bambú

Tras aquel momento tan esperado, comprobé rápidamente que Anthony era un hombre distinto a cualquier otro que hubiera conocido. Después de intercambiar varios besos cortos, nuestras lenguas se entrelazaron en una larga y sinuosa danza que él interrumpió para decirme al oído:

—¿Vamos dentro?

Con el corazón revolucionado, lo acompañé hasta el interior del bungaló y me tumbé en la cama. Imaginaba que me caería encima como una fiera hambrienta, pero una vez más me sorprendió al tenderse gentilmente a mi lado para mirarme muy fijamente.

Sus dedos atraparon mi media melena y jugaron con un mechón, tensándolo y volviéndolo a soltar en un rizo.

Mi interior me marcaba otro ritmo, así que empecé a desabrocharle la camisa para, acto seguido, acariciar su pecho esbelto.

Cuando me disponía a arrancarme la camiseta, él tomó mis manos y dijo:

—No tan rápido, Patricia.

—¿Por qué? —dije sorprendida—. ¿No te gusta lo que has visto esta mañana en la playa?

—Me encanta —suspiró mientras se tumbaba boca arriba—. Pero necesito mi tiempo. ¿Sabes? Eres la primera mujer que beso desde que…

—Te entiendo, de verdad —le dije incorporándome en la cama—. Pero esta mañana casi acabamos ahogados bajo el agua. ¿Por qué no podemos vivir el momento?

—Ojalá pudiera explicártelo.

—Has pronunciado la palabra prohibida, *ojalá*…

Como toda respuesta, Anthony me besó en la frente y salió por la puerta con la cabeza baja.

Me quedé totalmente desconcertada, a la vez que hacía cábalas sobre el motivo por el que la pasión había quedado interrumpida de golpe. Un frío leve y constante se apoderó de mí al pensar que tal vez yo no le gustaba. Sentía cariño por mí, tal vez incluso compasión, pero el cuerpo a cuerpo había desinflado toda la atracción que había empezado en la terraza. Me costaba creer que la fidelidad a su mujer fallecida fuera la razón por la que se había contenido…

«Sin duda, no le gusto», me repetía frustrada mientras una lágrima resbalaba por mi mejilla, lo cual me hizo sentir aún peor.

Me encontraba en una cabaña en medio del paraíso junto al hombre que, con su amistad, me había salvado de la tristeza y de mí misma. ¿Por qué necesitaba pedir más y llegar hasta el final del deseo? ¿Por qué no aceptar lo que acabábamos de vivir como un capítulo de un libro que podía no tener fin?

Nada más darme este consuelo, mi mirada se fijó en una estantería rústica al lado de la puerta, donde se agrupaban libros y revistas de forma desordenada.

Mientras esperaba a que Anthony regresara de aquella extraña huida, me levanté y fui a curiosear lo que había.

Junto a unos cuantos ejemplares del *National Geographic*, encontré una Biblia, varias novelas en inglés y un libro de cuentos tradicionales de Japón.

Aquel era un país donde siempre había deseado ir, así que tomé aquella antología y me la llevé a la cama. Al abrir el pequeño volumen al azar, me di cuenta, una vez más, de que no existe nada que podamos llamar azar:

Hay algo muy curioso que sucede con el bambú japonés y que no lo hace apto para impacientes: siembras la semilla, la abonas y te ocupas de regarla constantemente. Durante los primeros meses no sucede nada apreciable. En realidad, no pasa nada con la semilla durante los primeros siete años, ¡hasta tal punto que un cultivador inexperto estaría convencido de haber comprado semillas infértiles!

Sin embargo, durante el séptimo año, en un período de solo seis semanas, la planta de bambú crece ¡más de treinta metros!

¿Tardó solo seis semanas en crecer? No, lo cierto es que se tomó siete años y seis semanas para desarrollarse.

Durante los primeros siete años de aparente inactividad, este bambú estaba generando un complejo sistema de raíces que le permitiría sostener el rápido crecimiento que tendría después de siete años.

Aquella breve fábula me hizo pensar en mi propia existencia. Nunca había sido muy paciente. Cuando se presentaba un problema en mi vida, había tratado de solucionarlo cuanto antes y, si no lo conseguía rápidamente, me sentía fracasada.

Mucho más tranquila tras aquella lectura, mientras el rumor del oleaje acariciaba mi alma, me dije que el verdadero éxito no tenía nada que ver con la rapidez con la que sucedían las cosas. Tal vez, como el bambú, lo verdaderamente importante necesitaba crecer por dentro antes de manifestarse por fuera.

«Seré paciente como el bambú», me dije tomando aquella determinación. «Voy a darle todo el tiempo del mundo. Y, si al final no crece lo que mi corazón anhela, habremos plantado una amistad de por vida.»

El antologista de aquellos cuentos hacía una observación después de la fábula que terminó de alumbrar mi esperanza: «Muchas veces nos encontramos ante situaciones en las que pensamos que no está sucediendo nada, pero quizás aquello que tanto deseamos simplemente está echando raíces y es cuestión de tiempo que salga a la luz».

«Por lo tanto, no hay que desesperar, sino tener paciencia», me dije. Y yo estaba dispuesta a tenerla, porque sabía que valía la pena.

Unir los puntos

Con este nuevo espíritu y tras pedirnos tímidamente perdón por nuestras respectivas reacciones de la tarde, pasamos una noche deliciosa cenando en el restaurante La Cuisine y, más tarde, en el balcón del bungaló, charlando bajo las estrellas con una cerveza fresca en la mano.

Gratamente sorprendido por mi alegría serena y por la calma que se respiraba entre nosotros, Anthony se relajó hablando de su época en el instituto, en Cupertino, un pueblo del Silicon Valley donde Apple se estableció cuando él era un niño. Aquello le llevó a hablarme de una famosa conferencia de Steve Jobs en Standford centrada en la importancia de «unir los puntos».

—Todo en la vida es como esos pasatiempos para niños —me explicó—. Ves una hoja blanca llena de numeritos, pero no entiendes la figura hasta que conectas todos los puntos siguiendo los números en orden.

—¿Pero qué tiene eso que ver con la vida?

—Mucho, según Jobs. Él decía que el éxito de sus ordenadores, entre otras cosas, se debió a que fueron los primeros que permitían elegir entre tipografías bonitas. Y, justamente, muchos años atrás, Jobs había ido de oyente a clases de tipografía en la universidad, simplemente porque le gustaba. No fue hasta después del éxito del Macintosh, que se dio cuenta de que no había habido azar en aquella actividad aparentemente caprichosa. En su momento todo el mundo le había dicho que perdía el tiempo yendo a una asignatura «friki», que no le serviría para nada, y donde ni siquiera obtendría un título, ya que no tenía dinero para pagar la matrícula. Al mirar atrás, sin embargo, se dio cuenta de que aquello había sido un punto importante de su futuro éxito.

—Entonces… Hay cosas de las que solo conoceremos su significado de aquí a un tiempo —medité muy interesada—, aunque las estemos viviendo ahora, ¿es eso?

—Exacto. No se puede unir los puntos mirando hacia delante. Únicamente se pueden unir mirando hacia atrás.

Di un breve trago a mi cerveza mientras seguía con la mirada una estrella fugaz. No pedí ningún deseo porque habría sido que aquella noche de relajada conversación no terminara nunca, y eso era imposible.

Con los pies apoyados sobre la baranda de cañas, me fijé en que Anthony no me quitaba los ojos de encima. El breve resplandor que venía de la habitación me permitió ver incluso cómo su pecho subía y bajaba nerviosamente, como si estuviera agitado.

«Si eso no es amor, que baje Dios y lo vea», me dije. Pero aun así estaba decidida a seguir fielmente la estrategia del bambú. Eso sí, no iba a dejar pasar la oportunidad de ponerle cariñosamente entre la espada y la pared.

—Me encanta eso de unir los puntos, pero soy de naturaleza impaciente —dije—, y no puedo esperar años para entender algunas cosas que estoy viviendo.

—¿Qué cosas? —preguntó aparentando serenidad.

—Nuestro viaje a Mazunte, por ejemplo. Me parece un regalo bellísimo que me hayas mostrado este rincón de tu mundo. Pero no sé qué he hecho para merecerlo.

Anthony me tomó la mano como toda respuesta y se la llevó a los labios.

—Ya te dije ayer que estás aquí por puro egoísmo mío, porque mi vida es más agradable si estás cerca.

Pero yo no estaba dispuesta a dejar las cosas aquí:

—Mañana al mediodía estaremos volviendo al DF y, una vez en casa, me quedaré pensando que todo esto ha sido un sueño.

—No ha sido un sueño, Patricia —dijo emocionado—. Y, aunque aún no puedas entenderlo…

Se quedó callado en ese punto, como si estuviera dudando entre seguir o censurarse. Yo le di una última estocada para asegurarme de que esto último no sucediera.

—¿Qué es lo que voy a entender cuando una los puntos, Anthony?

—Que no es casualidad que estemos aquí —dijo al fin.

Zipolite

Tras aquella respuesta misteriosa, la noche terminó de forma tranquila y, pasadas las tres de la madrugada, nos quedamos dormidos cada uno en su cama, después de haber charlado un poco más.

Me despertó la explosión de luz que inundó el bungaló cuando Anthony corrió las cortinas. Retocé perezosamente bajo la sábana antes de preguntar:

—¿Qué hora es?

—Hora de desayunar y de ir a Zipolite —rio—. Quiero cumplir con mi promesa antes de volver a la carretera.

Alucinada, recordé lo de la playa nudista. Tras lo sucedido la tarde anterior, ya había descartado que fuéramos allí. «Un hombre y una mujer no se pasean desnudos por una playa sin ninguna otra compañía a menos que sean pareja», me decía yo. Sin embargo, el mundo de Anthony parecía operar con una lógica diferente a la mía.

Tras un desayuno ligero en un restaurante destartalado de la playa, mi desconcertante amigo fue a pagar la estancia a La Cuisine y subimos de nuevo al Jaguar, que había descansado un par de días bajo un cobertizo de palma.

Pero antes de poder acostumbrarme de nuevo al cómodo asiento del copiloto, ya habíamos aparcado en los aledaños de Zipolite y Anthony había dado cien pesos mexicanos a un anciano con sombrero de paja para que vigilara el coche y su contenido.

—Volveremos en una horita no más —le dijo imitando graciosamente el acento local.

Con las toallas en un cesto de mimbre, yo me preguntaba cómo me sentiría en una situación tan íntima con alguien que se empeñaba en ser solo mi amigo, a pesar de habernos besado en el balcón el día anterior. De todos modos, parecía haber pasado una pequeña eternidad desde entonces. Me daba cuenta de que el tiempo parecía volar al lado de Anthony, pero al echar la vista atrás se me ocurrían infinidad de cosas memorables que habían sucedido en aquellos breves días.

¿Entendería el propósito general de aquel viaje cuando, en unos años, uniera todos aquellos momentos?

Algo me decía que no tendría que esperar mucho tiempo para saberlo.

La playa de Zipolite era aún más agreste que la de Mazunte. Frente a la costa, azotada por la marea, un paisaje primigenio de riscos con un abrupto peñón parecía observar a los valientes bañistas que, tal como habían llegado al mundo, se aventuraban unos metros en el romper de las olas.

—Pongamos las toallas bastante atrás —aconsejó Anthony—. Si no, es posible que nos las robe el mar.

Así lo hicimos y, tras dejar el cesto encima para que no se las llevara el viento, me desvestí aparentando la mayor naturalidad. Tras desabrocharme el vestido verde de hilo fino, me libré de la ropa interior y la dejé caer dentro del cesto.

En este punto dirigí la mirada hacia Anthony, que, justo entonces, se bajaba los bóxers. Por una décima de segundo pude comprobar que estaba aún mejor dotado de lo que había supuesto.

—Vamos al agua —dijo tomándome de la mano—. Pero no nos adentremos.

En los últimos metros tomó carrerilla, como si no estuviera cómodo del todo.

Durante los segundos que tardamos en meternos en el agua bravía, comprobé decepcionada que Anthony no contemplaba ni una sola vez mi cuerpo desnudo.

«Tal vez es gay», me dije mientras me zambullía aún de su mano. «Hay gais que se casan con mujeres y aseguran ser felices después de haber llegado a acuerdos.»

Pero pronto me quitaría aquella idea de la cabeza porque, después de nadar lo más cerca posible de la orilla, Anthony aprovechó un momento de calma para llevarme hasta una elevación, unos metros adentro, en la que hacíamos pie.

—Veo que también conoces todos los secretos de esta playa —le dije, sacando apenas la cabeza del agua.

—Y más secretos que aún no te he mostrado.

Dicho esto, me tomó por la cintura y me acercó lentamente hacia él. Cuando mis pezones tomaron contacto con su pecho, se endurecieron al instante. Al contribuir a su abrazo, me di cuenta que no era la única a quien le estaban pasando cosas interesantes bajo el agua. Podía notar la presión de su sexo, enorme y erecto, contra mi vientre. Cuando Anthony me besó a la vez que me sujetaba por los glúteos, no pude resistir más y le dije:

—Te deseo ahora.

Sentí entonces su corazón acelerado mientras me levantaba por las nalgas suavemente para restregarme contra su miembro, duro como una piedra. Yo estaba tan excitada que apenas percibí en qué momento Anthony me penetró y empezamos a soltarnos los dos en una danza frenética de movimientos agitados, al tiempo que nuestros cuerpos vibraran de pasión y de placer. Hacía tiempo que no sentía un gozo tan intenso. Mis labios se unían a sus labios y nuestras lenguas se buscaban mientras mis manos acariciaban sus cabellos y su nuca varonil. Anthony me miraba fijamente a los ojos mientras seguía agitándome y clavándome su virilidad, haciendo que una sensación nueva de pertenencia se apoderara de mí. En aquel momento en el que el mundo se paró para nosotros, yo era suya. Y empecé a llorar de dicha. Aquel era el orgasmo más salvaje que había experimentado nunca. Pude saber que él también había culminado, porque, a pesar de lo fría que estaba el agua, un calor inesperado invadió mi sexo.

En medio de tanta pasión, tardamos en darnos cuenta de que una enorme ola en el horizonte hacía que los bañistas empezaran a desalojar la playa.

Yo estaba tan relajada que, por un instante, pensé que no me importaba si la ola nos tragaba a los dos. Sin embargo, exhibiendo las dotes de nadador extraordinarias que ya había mostrado el día anterior, Anthony me cogió con sus brazos y logramos regresar a la arena antes de que la ola descargara brutalmente contra la costa.

—Ha sido lo mejor que me ha pasado en mucho tiempo —le dije mientras nos vestíamos a toda prisa.

—A mí me pasa lo mismo, Patricia, he vuelto a conectar con una parte de mí que creí que había muerto, y esa parte la has despertado tú. Gracias. —Y me atrajo hacia él para abrazarme de nuevo.

Una vez en el coche, tras dar una nueva propina al vigilante, añadió:

—Lo único que lamento es haber sido tan imprudente, hoy el mar nos podría haber jugado una mala pasada.

Acto seguido, apretó el acelerador rumbo a la capital.

El regreso

Durante el viaje de vuelta, ninguno de los dos hablamos del tema. Durante las primeras horas de trayecto, con la música de la radio de fondo, nos limitamos a mirarnos y a sonreír con una expresión que lo decía todo.

Anthony estaba centrado en la conducción, y yo pensaba que, al ser la primera vez que hacía el amor después del fallecimiento de su esposa, sus emociones estarían agitadas y necesitaba poner orden, así que respeté su silencio. Además, yo también me sentía extraña. Aunque estaba en una nube, la incertidumbre acerca de cómo seguiría nuestra relación era una incógnita para mí. Quizás haber hecho el amor era solo una consecuencia natural y biológica entre un hombre y una mujer que se sienten atraídos y excitados porque están desnudos en medio de una playa salvaje…

En aquel momento, sonó una ranchera que no podía ser más oportuna:

Aquí tienes las llaves de mi alma
puedes entrar a la hora que tú quieras
para que veas si hay alguien en el mundo
que pueda darte lo que yo quisiera.

Paramos un par de veces en bares de carretera para reponer fuerzas y romper un poco el mutismo que parecía haberse apoderado de nosotros, pero no conseguimos retomar las charlas distendidas a las que estábamos acostumbrados. Al llegar al puesto de control de mi urbanización, ya de madrugada, sentía que el alma me pesaba en los pies.

No quería separarme de aquel hombre. Tenía motivos para sentirme dichosa, pues había pasado el fin de semana con un hombre maravilloso, delicado, espiritual y buen conversador, y había tenido el mejor orgasmo de mi vida. Mi único problema parecía ser que tenía que esperar a que el curso natural de las cosas se manifestara, ya que él era diferente al resto de ejemplares de su especie, y yo no sabía si sabría hacerlo.

Sin poder evitarlo, me sentía confundida y triste. Como a quien, tras haber visto el paraíso, le tapian la ventana para que no pueda seguir disfrutando de las vistas. Al detenernos delante de Las Candelas, supe hasta qué punto esa impresión era acertada.

Arrepentida en cierto modo de mis sentimientos encontrados, lo abracé con fuerza y le dije:

—Te agradezco profundamente este fin de semana, Anthony. Espero que no tengas en cuenta mi silencio durante el viaje de vuelta. En realidad estoy algo triste porque habría deseado quedarme contigo allí para siempre.

—Pienso y siento lo mismo, Patricia —dijo—. Soy consciente de que no he hablado mucho tampoco. Además, más bien soy yo quien debe pedirte perdón.

Abrí los ojos como naranjas, sin entender por qué me estaba diciendo aquello.

—Todo habría sido más fácil si me hubiera comportado como un caballero —prosiguió—. Pero ya has visto que no puedo. Debo confesar que me resultas irresistible.

—¿Así que te resulto irresistible? —dije halagada por aquel último comentario e intentando poner un poco de humor a la situación. Sin embargo, movida por mi impaciencia, no pude evitar añadir—: Pues déjame que te diga que no hay ninguna razón para que te resistas. Estoy libre, como tú, y sabes que me gustas con locura desde el primer día que te vi. ¿Dónde está el problema?

Anthony se quedó mudo, como si no hubiera esperado aquel ataque de sinceridad. Sus ojos mostraban de repente una tristeza que yo era incapaz de entender. Respiró profundamente antes de decir:

—En Mazunte te dije que no era casual que estuviéramos allí.

—Sí, lo dijiste —repuse sosteniéndole la mirada.

—Y tampoco es casualidad que no te haya expresado mis sentimientos después de lo que hemos vivido juntos. De hecho, te aseguro que no deseo nada más en el mundo que hacerte el amor, todos y cada uno de los días de mi vida.

Abrí los ojos, cada vez entendía menos lo que pasaba. Por un lado, Anthony me estaba diciendo lo que llevaba días queriendo escuchar, y, por el otro, todo en él desprendía una profunda desazón…

—Mañana regreso a mi país, Patricia —añadió tras un largo suspiro—. Tengo temas serios que resolver allí.

Sexto paso: Enamórate de ti

Cuando cerré la puerta de Las Candelas, era una sombra de mí misma. Por segunda vez, sentía que todo lo que había sido mi mundo se hundía bajo mis pies sin previo aviso. Ni siquiera había dado la oportunidad a Anthony de explicarse, le había dejado en su coche con la palabra en la boca. Aunque no tenía ningún derecho a reclamarle nada, me dolía en lo más profundo del alma que hubiera esperado hasta el último día para anunciar su partida. De repente, aquel viaje idílico se había convertido en un maravilloso e inolvidable regalo de despedida.

A pesar de las horas, Rosita vino a mi habitación, preocupada.

—Baje conmigo a la cocina, señora —me pidió—. Tengo un caldo de gallina en el puchero que quita todos los males.

Obedecí con la sensación de haber perdido toda mi energía.

Cuando me senté a la mesa rústica, a la que llegaba el calor de los fogones en los que mi querida cocinera recalentaba la sopa, sentí que me abandonaban todas las fuerzas.

—Creo que tendré que acelerar los pasos para mi sanación, Rosita. Tengo el corazón destrozado y me siento doblemente abandonada ahora.

—Tampoco hay que correr, señora. Ahora mismo conocerá el paso siguiente, pero primero tómese ese caldo. Hace cara de no haber comido nada en muchas horas.

Me obligué a tomar aquel brebaje espeso y reconstituyente mientras explicaba a Rosita algunos pormenores del viaje, pasando por alto los más íntimos. Al llegar al punto de la noticia que me había dejado noqueada, la cocinera me riñó cariñosamente:

—Ni siquiera le ha dejado explicarse, *señito*.

—No quiero oír sus explicaciones —dije resentida—. Una noticia así no se da de un día para el otro.

—Quizás Anthony simplemente quería que disfrutara del viaje sin la tristeza de su partida. ¿No cree? ¿Cuándo regresa?

Tras una última cucharada de sopa, sentí que se me hacía un nudo en la garganta. Tuve que hacer un gran esfuerzo para seguir hablando en lugar de echarme a llorar.

—No lo sé, pero por su expresión he deducido que se va para siempre. Seguro que tendrá sus motivos, y seguro que estaba dispuesto a explicármelos, pero me sentía demasiado triste para escucharlos —repuse desolada—. Aunque me los puedo imaginar: tendrá que ponerse al frente de su empresa, que está en California, así que el sueño mexicano ha terminado.

Rosita llevó a la mesa una fuente llena de frutas y dijo:

—Es mejor no hacer sentencia de lo que no se conoce, señito. Ahora relájese, que vamos a platicar del siguiente paso para su liberación. Aunque es muy sencillo, se trata de que Patricia se enamore de Patricia.

—Ahora mismo no me parece nada sencillo, Rosita… —murmuré—. Vuelvo a estar sola y siento que no soy importante para nadie. Fuera de ti, que eres una santa —añadí tomándole la mano y propinándole un expresivo beso.

La cocinera sonrió agradecida antes de declarar, tuteándome por primera vez:

—Es para ti que debes ser importante, mi niña.

—Puedo entenderlo, pero ¿cómo conseguirlo cuando siento que estoy naufragando todo el tiempo?

—Cuidándote y mimándote para demostrarte que eres lo más importante de tu vida. Nadie va a hacerlo mejor que tú. Si no te enamoras de ti misma, tampoco lo hará el mundo, porque es un reflejo de nuestros pensamientos.

Me sorprendió la sabiduría con la que Rosita era capaz de cocinar la vida, lo cual me hacía sentir a la vez afortunada e insignificante.

—Debes abandonar tu postura de queja —prosiguió—. Dejar atrás el «pobre de mí» o el «mira qué me han hecho». En lugar de eso, toma tu cuaderno y escribe todo lo bueno que tienes para ofrecer al mundo. ¿Lo harás?

Estaba a punto de decir «claro, Rosita», cuando sonó el teléfono fijo del salón. Mientras la cocinera iba a atenderlo, me di cuenta de que había dejado el móvil en mi habitación. Por eso mismo, no me sorprendió cuando Rosita regresó y, recuperando el tono formal de sirvienta, dijo:

—Es el señor Anthony. Necesita hablar con usted.

—Dile que aguarde un minuto —respondí con una mezcla de sentimientos—. Lo que tarde en subir a mi habitación.

Leonard

Sentada en la cama con una manta fina de hilo cubriéndome las piernas, me acerqué el teléfono al oído muy nerviosa.

—Te escucho, Anthony.

—Me alegro —respondió no sin cierto sarcasmo.

—Siento haber salido del coche sin dejarte hablar y sin siquiera despedirme —declaré apenada—. Me encontraba en estado de *shock*. Sobre todo después de haber pasado tres días juntos.

—Lo entiendo, y soy yo quien te pide disculpas. Es algo complicado y doloroso lo que hace que mañana tenga que volar a Los Ángeles. Debería habértelo explicado antes, pero lo cierto es que no sabía por dónde empezar…

—Por el principio, Anthony —le insté, inquieta ante lo que pudiera decirme.

Él respiró profundamente al otro lado de la línea, como si hiciera acopio de todo el aplomo que tenía.

—No te he hablado nunca de Leonard, mi hermano pequeño.

—No… De hecho, más allá de la muerte de tu esposa, no sé casi nada de tu familia. Ni tú de la mía. Hasta ahora hemos hablado de otras cosas.

—Supongo que deliberadamente —su voz sonaba triste y distante—. Al menos por mi parte. Leonard es la única familia que me queda desde que enviudé. Mis padres nos tuvieron de mayores y hace tiempo que murieron.

—¿Tu hermano tampoco tiene hijos? —le pregunté sin saber dónde quería ir a parar.

—Gracias a Dios, no. Vive solo en un apartamento a las afueras de San Diego. Bueno, más bien lo hacía hasta la semana pasada. Estaba controlado y se valía por sí mismo, pero... —A Anthony se le cortó la voz en ese punto, como si fuera incapaz de continuar. Tras un par de respiraciones profundas, siguió—: Ha cometido un segundo intento de suicidio. Tiene un trastorno bipolar muy acusado y, a pesar de la medicación, existe el riesgo de que algo así ocurra. Creo que he sido egoísta al dejarle desatendido tanto tiempo...

Un terrible sentimiento de vergüenza se apoderó de mí al recordar mi conducta en el coche. Estaba tan centrada en mis propias miserias que había olvidado que todo el mundo está expuesto al sufrimiento. Pero aquel era el momento, por fin, de ser útil.

—¿Cómo es que no viajaste la semana pasada, entonces?

—Porque tampoco me hubieran dejado verle. Está ingresado en una clínica psiquiátrica y los médicos no me permiten entrar antes de mañana. Además, quería estar contigo y despedirme de ti.

Con lágrimas en los ojos, me di cuenta de que me encontraba en mejor posición de ayudar que él. A fin de cuentas, mi pareja no había muerto, físicamente al menos, ni tampoco había vivido grandes problemas con un familiar.

—¿A qué hora sale tu vuelo? —le pregunté.

—A las diez y media de la mañana.

—Te llevaré al aeropuerto. Quiero estar contigo hasta el último momento.

Sorprendido por mi iniciativa, tardó unos segundos en responder.

—Me sabe mal que te tomes la molestia, pero me encantaría. De hecho, sería demasiado duro para mí irme sin haberte abrazado otra vez. Quiero llevarme tu olor y tu calor en mi piel y en mi corazón.

Una promesa secreta

Después de aquella conversación, al entender las causas que obligaban a Anthony a dejarme, en mi interior fermentó una mezcla de pena profunda y alivio. Me daba cuenta de que, después de que Carlos se hubiese ido de casa, estaba muy sensible al patrón de abandono y aquello hacía doblemente dolorosa la marcha de Anthony.

No me encontraba en la mejor disposición para escribir mis virtudes en mi fiel cuaderno, pero me había comprometido con Rosita y pensé que, si lo hacía, me sentaría bien. Así que tomé mi estilográfica y empecé a escribir lo que, allí y entonces, podía considerar mis puntos fuertes:

Yo, Patricia:

Soy más fuerte de lo que pensaba hace unos meses.

Soy capaz de superar mis miedos, como he demostrado en este camino de sanación y liberación que estoy transitando.

Sé agradecer y valorar lo que los demás hacen por mí.

Sé reconocer mis errores, y pedir perdón por ellos.

Sé perdonar y me perdono.

Tengo la capacidad de escuchar y de ayudar a los demás.

Estoy dispuesta a amarme como soy y a renunciar a las creencias que me limitan.

Estaba absorta en mi trabajo, cuando el sonido de una suave campanita indicó que me había entrado un mensaje con una fotografía. El remitente era Anthony, no podía ser otro a aquellas horas de la madrugada.

Antes de leer su último mensaje, me di cuenta de que no había leído los anteriores, en los que me preguntaba por qué no atendía sus llamadas y quería saber cómo estaba. El que había enviado un minuto antes, decía:

«Si me lo permites, este es el tesoro que me llevaré de México para animarme en los momentos de tristeza.»

A continuación había adjuntado una fotografía que me hizo ruborizar. Me había retratado durmiendo en el bungaló, desnuda bajo una fina sábana que apenas cubría mis partes más íntimas. Una pierna bronceada se aventuraba fuera de la cama, como si buscara escapar del sueño para llevar el mundo de la fantasía a la vigilia. Sin ser una foto erótica, resultara muy sensual.

«Eres un bribón, Anthony. Te permito quedarte con esa foto que me has robado, porque estarás lejos. Pero la próxima vez que quieras que te haga de modelo, vamos a negociar.»

«Cuidado con lo que dices, Patricia, porque soy un experto negociador:). Quizás obtenga más de lo que crees;).»

«Eso habrá que verlo.»

«Por supuesto. La próxima vez, sin embargo, te quiero de modelo sin estar dormida.»

«Y sin sábana, incluso. Todo depende de lo que me ofrezcas a cambio. Y, por supuesto, no hablo de dinero.»

«Veo que vas a ser una dura negociadora. De momento, guardaré esta imagen robada como una promesa.»

«¿Una promesa de qué?»

«Una promesa secreta de un futuro juntos. Voy a hacer mi maleta ahora y debo hacer también inventario de todo lo que hay en esta

para que me lo manden. Antes, sin embargo, quiero
decirte una última cosa en referencia a esa foto.»

«¿Qué pasa?»

«Sé que suena frívolo en un momento así, pero tienes el cuerpo más
bonito que he visto en mi vida.»

«Sé que es solo una galantería, pero gracias.»

«Es lo que pienso realmente. Sobre todo porque es tu cuerpo.
Eso lo hace para mí el más bello del mundo.»

¿Huevos, zanahorias o café?

Una lluvia fina caía sobre la Terminal 2 del aeropuerto Benito Juárez, que registraba mucho movimiento a aquella hora de la mañana. Crucé el *hall* atestado de pasajeros, hasta llegar a la cafetería donde me había citado con Anthony para despedirle. Fiel a su papel de caballero que jamás hace esperar a una mujer, ya estaba allí. Vestido con una impecable camisa de lino gris y pantalones negros, me esperaba con su maleta de mano mientras degustaba un expreso.

Hizo el ademán de levantarse pero yo le frené poniéndole las manos sobre los hombros. Deposité un beso en sus labios y le pregunté:

—¿Cómo estás?

Me miró con una suave melancolía y dijo:

—Triste por marcharme, pero aliviado porque esta tarde estaré allí donde soy más necesario.

—Siempre pensando en los demás —le reñí cariñosamente, recordando lo mucho que me había ayudado a mí—. ¿Hay algo que hagas solo para ti?

—En realidad, todo. Yo no puedo estar bien si la gente que amo no lo está. Por eso me gusta estar presente.

Respiré profundamente, sin saber qué más decir. Un problema que tenía con Anthony, y del que me di cuenta aquella mañana en el aeropuerto, era que, sin pretenderlo, me sorprendía y emocionaba siempre, y algunas veces me hacía pensar que quizás yo podía dar un poco más de mí a los demás.

Para salir de la nostalgia anticipada que empezaba a embargarme al pensar que en media hora le perdería, hice el primer comentario que me pasó por la cabeza:

—Oye, ¿qué haces con un expreso? Si tú nunca tomas café.

—Es verdad —reconoció mirando la taza meditabundo—, siempre tomo té, debe de ser por mi alma anglosajona. He pedido este café para aplicarme el cuento. Creo que en estos momentos lo necesito.

—¿El cuento? ¿Qué cuento?

—El de los huevos, las zanahorias y el café.

Tuve que aguantarme las ganas de reír, ya que por su expresión seria se notaba que aquel relato había removido algo importante dentro de él.

—Siempre tienes una historia para cada cosa. Creo que serás un gran padre el día que te pongas a la labor. Venga, explícamelo. Sé que te mueres de ganas de hacerlo.

Anthony sonrió y empezó:

—Va de una chica que siempre se quejaba de la vida cuando hablaba con su padre. Se lamentaba de que las cosas no le salían bien y no sabía cómo hacerlo para tirar adelante. Siempre estaba sin fuerzas y se rendía a las primeras de cambio. Le decía a su padre: «Estoy cansada de luchar y luchar, sin obtener ningún resultado. Cada vez que soluciono un problema, aparece otro. ¡No aguanto más!».

—Esa actitud me suena —dije, reconociéndome a mí misma.

—Su padre, que era chef de cocina —prosiguió Anthony—, la llevó al restaurante donde trabajaba. Allí tomó tres cacerolas llenas de agua y las puso sobre el fuego. Cuando empezaron a hervir, puso zanahorias en una, huevos en otra y granos de café en la última. Y dejó que siguieran hirviendo mientras aguardaba en silencio.

—Qué misterioso... —intervine—. ¿Qué pretendía?

—Mira que eres impaciente... —dijo con una sonrisa. No pude más que asentir—. Al cabo de un cuarto de hora, el chef apagó el fuego. Sacó los huevos de la primera cacerola y los puso en un recipiente. Luego sacó las zanahorias y las dejó en un plato. Finalmente, vertió el café en una taza grande. Hecho esto, preguntó a su hija qué veía. «Huevos, zanahorias y café. ¿Es que me tomas el pelo?», respondió.

—Yo habría dicho lo mismo, creo —reconocí.

—Espera y verás... —señaló Anthony—. El cocinero pidió entonces a su hija que tocara las zanahorias y, al hacerlo, notó que estaban blandas.

A continuación le pidió que quitara la cáscara al huevo, y vio que estaba duro. Para terminar, le pidió que probara el café.

—¿Para qué?

—Justo eso le preguntó la chica a su padre. Después de tomar un sorbo, le preguntó muy intrigada qué juego era aquel. Él le aseguró que aquellos tres ingredientes se habían enfrentado a una misma adversidad, el agua hirviendo, pero que cada uno había reaccionado de forma diferente. La zanahoria había entrado en el agua fuerte y dura, pero después había acabado blanda y deshecha. Los huevos se habían sumergido siendo frágiles en su interior, pero el agua hirviendo los había endurecido. —Anthony levantó la tacita de expreso y miró su interior antes de concluir—. Tras pasar por la misma prueba, los granos de café habían teñido el agua. ¿Te das cuenta de lo que significa eso?

Negué con la cabeza, aunque empezaba a intuir la respuesta.

—Con esa demostración, el cocinero pretendía que su hija decidiera qué actitud quería tomar ante las adversidades. Puedes ser como una zanahoria, que parece fuerte pero se vuelve débil cuando se sumerge en la desgracia y el dolor. O puedes ser como el huevo, que tiene un corazón frágil y delicado, y que acaba endureciéndose con los embates de la vida. O puedes ser como el café... —La mirada de Anthony se ancló a la mía, perdiendo el rumbo de sus conclusiones por un instante. Luego, ruborizado, terminó—: El café aprovecha la adversidad, por mucho dolor que le cause. Y cuando el agua, que es su medio, está que arde, es entonces cuando saca su mejor sabor y todo su aroma.

—Es una lección preciosa —le aseguré. Y, tras pensarlo un instante, añadí—: Creo que, cuando mi exmarido me abandonó, al principio fui zanahoria. Porque todo me hacía llorar y me deshacía ante cualquier adversidad. Luego me cargué de fuerza y me volví dura como el huevo.

—Y ahora eres café —añadió Anthony con una cara que no dejaba duda de lo que sentía por mí—, y vas repartiendo tu esencia y el mejor aroma para alegrar la vida a los demás.

—¿De verdad me ves así? —dije sofocada—. ¿O lo dices porque crees que no nos veremos nunca más?

—Nunca digas nunca…

En ese punto, Anthony se interrumpió y me tomó las manos con fuerza a la vez que bajaba la cabeza, como si estuviera a punto de llorar.

Conmovida, me acerqué a su oído y, haciendo acopio del aplomo que no tenía, le dije:

—Todo saldrá bien. Y tu hermano despertará a la vida nada más oler el café, tu café. Has tomado la decisión correcta.

Y yo me prometí que seguiría siendo café pese al amargo adiós que me aguardaba solo unos instantes después.

Séptimo paso: Sonríe al universo, y el universo te sonreirá a ti

Durante el trayecto desde el aeropuerto al centro del DF, donde decidí ir a dar una vuelta antes de regresar a casa, me acompañó el sabor del último beso que nos habíamos dado en la despedida. Habíamos estado largo rato abrazados besándonos y acariciándonos sin querer poner fin a aquel momento. Luego, cuando llegó la hora de embarcar, había contemplado con lágrimas cómo Anthony, que se había girado varias veces para decirme adiós, desaparecía entre la hilera de pasajeros.

Aunque estaba orgullosa por no haberme desmoronado delante de él, un intenso vacío se iba abriendo en mi interior al darme cuenta de que todo sería distinto sin él. Sin duda lo que sentía por Anthony era muy fuerte y, aunque no quería reconocerlo, me había enamorado de él.

«Necesito continuar con los pasos», me dije ansiosa, mientras aún trataba de poner en práctica el sexto.

Había empezado a cuidarme de verdad, yendo regularmente al gimnasio y vigilando mi alimentación cuando no estaba en casa con Rosita. También acudía regularmente a un salón de belleza a cuidarme la piel y las uñas, y trataba de no andar con el pelo estropajoso como había hecho en los inicios de mi caída al abismo de la soledad.

«No seré nunca más una víctima», me repetía mientras trataba de despertar todo el poder que había en mí en aquel nuevo maremoto de cambio, como el café en el agua hirviendo.

Paseando por la avenida Presidente Masaryk, en la colonia Polanco, me permití el lujo de comprarme un vestido un poco más atrevido de lo normal, así como un frasquito de mi perfume favorito. Y, después de comer en un vegetariano, regresé a casa con el vértigo de no saber qué rumbo tomaría mi vida en adelante.

Ahora que Anthony había regresado a su país, mi mente me preguntaba con insistencia si no habría llegado la hora de regresar yo también a Barcelona. ¿Qué me retenía a aquel mundo, más allá de una casa de alquiler llena de reliquias que me acogía y una sabia cocinera a la que me unía un vínculo de infinita gratitud? Quizás era el momento de que Rosita, que ya llevaba muchos años sirviendo, se retirara y pudiera ir a su pueblo para estar con su familia.

Como si quisiera rebatirme aquella visión, Rosita me observó con admiración al abrir la puerta y exclamó:

—¡Está usted deslumbrante, señora!

—Pura cosmética… —le aseguré, aunque estaba agradecida—. He estado gastando el dinero que no tengo para tratar de olvidar que Anthony ya no estará para hacerme compañía. De hecho, ya no tengo que ponerme guapa para nadie…

—Eso no lo digas nunca, niña —me riñó volviendo a tutearme, como había hecho por primera vez la noche anterior—. Ponte guapa para ti. Para sentirte feliz. Deberías mirarte cada día en el espejo y dar las gracias por ser como eres, una mujer linda y poderosa. ¿Acaso ya no recuerdas todo lo que te he contado?

Me senté en el sofá del salón, frente a una estatua de piedra negra que parecía un extraño tótem. Rosita se sentó a mi lado y me aseguró:

—Cuando te ames más a ti misma, todos los obstáculos desaparecerán. Este mundo es como un espejo: lo que emites y das es lo que recibes. Por eso es bueno que te pongas guapa y radiante.

Las palabras de Rosita me hicieron sonreír, y en ese momento ella exclamó:

—Veo que estás preparada para el séptimo paso, porque justamente se refiere a eso: «Sonríe al universo, y el universo te sonreirá a ti».

—Pero dependiendo de las cosas que nos pasan, a veces resulta muy difícil sonreír —añadí pensando en mi reciente despedida de Anthony.

—Míralo al revés —me aconsejó Rosita—. Puesto que el universo refleja y te da lo que tú eres, puedes cambiar las cosas que te pasan si primero cambias tú por dentro. —Hizo una pausa y prosiguió—: Cuando era solo una muchacha y había tenido mi primera decepción amorosa, me sorprendí un día mirándome en el espejo con cara triste. Yo misma me asusté, porque no me gustaba nada lo que estaba viendo. Mis ojos tristes habían perdido el brillo habitual y hasta mi piel había dejado de resplandecer.

—¿Tan cambiada estabas?

—Sí, mucho. Al darme cuenta de que me estaba marchitando, empecé a ensayar delante del espejo. En lugar de enfado y la decepción, me esforzaba en esbozar una sonrisa. Y ¿sabes qué pasó? —Negué con la cabeza, muy atenta a sus palabras—. Al cambiar mi expresión en el espejo, también mis ojos empezaron a brillar. Incluso mi tono de piel se tornó más luminoso. Me di cuenta entonces del poder transformador de la sonrisa y de que, si yo le sonreía a la vida, la vida me sonreía a mí. Siempre he intuido que la sonrisa es un don que las personas nos podemos dar y regalar a los demás, descubrir su poder de cambio de forma tan inmediata me animó a practicarla siempre. Así pues, desde entonces, lo primero que hago cada mañana después de asearme es poner una gran sonrisa en mi cara e intento no perderla en todo el día. Inténtalo tú también y comprobarás que vives más feliz y que los milagros en tu vida empiezan a suceder. Ese es el gran regalo que tiene la sonrisa...

La curva de la felicidad

Pasé los días siguientes practicando delante del espejo el paso número siete y, buscando información sobre la sonrisa, descubrí que unos estudios habían demostrado, en cierto modo, lo que contaba Rosita, y es que el cerebro entiende que todo está bien cuando sonreímos y, entonces, cumpliendo un plan perfecto de diseño humano, empieza a segregar sustancias como las endorfinas y la serotonina, que son las hormonas de la felicidad.

También hablaba una vez al día con Anthony, que me contaba los progresos de su hermano, con quien había ido a vivir para no perderle de vista. Aquellas charlas alentaban mis esperanzas acerca de los sentimientos que mi caballero americano albergaba hacia mí, pero también sabía que él hacía lo que tenía que hacer en aquellos momentos. De todos modos, el hecho de no poder verle y de que se hubieran acabado aquellos viajes maravillosos por México era como una sombra oscura en medio de mi felicidad.

Para compensarlo, Rosita me dijo:

—Imagina todas las cosas simpáticas, graciosas y divertidas que han sucedido en tu vida y recuérdalas en tu mente. Eso te ayudará a sentirte más alegre y tendrás mejor humor.

—Lo sé, Rosita… y lo voy a poner en práctica —le prometí.

—Estar de buen humor es lo que sigue a la sonrisa, y cuando lo hagas de seguido, tu vida cambiara de color… —me aseguró, afable—. Entonces podrás solucionar los problemas más fácilmente y te aseguro que los verás más pequeños.

Tratando de seguir aquella filosofía, había tomado la decisión de no encerrarme en Las Candelas todo el día, como había hecho meses atrás. Cada día buscaba alguna excusa para salir al DF, además de acudir al gimnasio.

Aquel mismo viernes, el primero sin Anthony, tomé un taxi para ir a una de las librerías Gandhi del centro. Tenía ganas de pasear entre las mesas llenas de libros, como cuando era una estudiante ávida de aprender cosas nuevas.

Salir de mi burbuja y entrar en aquel espacio diáfano y lleno de lectores que miraban los volúmenes con reverencia fue de por sí un acto de purificación.

Recorrí las mesas sin buscar nada en concreto y, de repente, me llamó la atención un librito de un lama tibetano llamado Nyoshül Khenpo. Sentí curiosidad, lo hojeé y encontré una «Autobiografía en cinco capítulos»:

1

Bajo por la calle.
Hay un enorme hoyo en la acera.
Me caigo dentro.
Estoy perdido... impotente.
No es mi culpa.
Tardo una eternidad en salir de allí.

2

Bajo por la misma calle.
Hay un enorme hoyo en la acera.
Hago como que no lo veo.
Vuelvo a caer dentro.
No puedo creer que esté en ese mismo lugar. Pero no es mi culpa.
Todavía tardo mucho tiempo en salir de allí.

3

Bajo por la misma calle.
Hay un enorme hoyo en la acera. Veo que está allí.
Igual caigo dentro... es un hábito. Tengo los ojos abiertos.
Sé donde estoy.
Es culpa mía.
Salgo inmediatamente de allí.

4

Bajo por la misma calle.
Hay un enorme hoyo en la acera. Paso por el lado.

5

Bajo por otra calle.

Sonriendo interiormente, entendí lo que el lama había querido decir con aquel microcuento en cinco capítulos: a menudo culpamos al mundo por las cosas que nos pasan, pero somos nosotros los que repetimos los mismos errores una y otra vez. Y hasta que salimos del bucle de la inconsciencia y la lamentación, no suceden cosas nuevas en nuestra vida.

Aquella pequeña historia me hizo pensar en una amiga de mis tiempos en la universidad. Le gustaban los hombres mayores y siempre acababa saliendo con señores casados que le prometían cosas que no podían cumplir. Ella se lamentaba de su mala suerte en el ámbito sentimental, pero lo cierto era que no hacía nada por salvar el hoyo en la acera.

Al final, como decía el lama, bastaba con bajar por otra calle.

Octavo paso: Sal al mundo y renueva tus amistades

Poco a poco, la posibilidad de que Anthony no volviera dejó de aterrarme y empecé a darle un espacio a esa situación, debía estar fuerte y ser feliz aun sin él y debía acostumbrarme a mi nueva vida.

La posibilidad de regresar a Barcelona estaba ahí y aparecía en mi mente cuando más débil me sentía. No obstante, incluso en esos momentos de bajón, una misteriosa fuerza interior seguía resistiéndose a dar por terminada mi vida en México.

¿Se debía a alguna esperanza absurda de que Carlos volviera conmigo? Eso seguro que no, no tenía dudas. Además, yo ya había hecho el duelo y mi corazón no consideraba darle una segunda oportunidad. Más aun, lo único que quería era dejar firmado el divorcio y dar carpetazo a aquella relación que me había lastimado.

Las llamadas de Anthony eran otro acicate para seguir en Las Candelas, pero podíamos seguir en contacto desde el otro lado del charco. A fin de cuentas, vivíamos ya en países distintos.

—Tienes la cabeza en las nubes —observó Rosita, que ahora ya me tuteaba siempre, un día mientras comíamos en nuestra cocina—. ¿No te gusta la enchilada?

—Está deliciosa, pero hoy tengo el día melancólico —le dije intentando esbozar una sonrisa, para demostrarle que ponía en práctica sus enseñanzas—. No sé, recuerdo otras épocas y siento como si la vida me hubiera abandonado en este rincón del mundo. ¿Tú no te sientes nunca sola, Rosita? —le pregunté cogiéndola de las manos.

—A mí me gusta esta tranquilidad —dijo tras un suspiro—. Pero en mi caso es normal. Yo soy vieja y ya he vivido los grandes momentos de mi existencia. Ahora lo que me da gusto es que los demás se puedan aprovechar de lo que aprendí en mi caminar.

—Te quiero, Rosita —le solté a bocajarro echándome en sus brazos—. El mundo y yo necesitamos que estés aquí un cuarto de siglo más, ¡como mínimo!

La cocinera rio abiertamente. Luego me miró con fijeza y me preguntó:

—¿Por qué vives tú como una vieja? —La miré sorprendida—. Sí, no te escondas. Desde que el gringo se volvió a su casa, parece que te hayas quedado para vestir santos.

—No exageres, Rosita… Simplemente estoy buscando de nuevo mi lugar en el mundo. De algún modo vuelvo a sentirme sola, como cuando Carlos me dejó.

—Es normal que te sientas sola ahora mismo, mi niña —aseguró conciliadora—. Cuando uno se separa se pierden algunos de los amigos que se tenían mientras se estaba en pareja, principalmente porque mientras uno está casado el círculo de amigos suele ser el de otros matrimonios con gustos y aficiones similares. La presencia del señor Anthony ha sido como un oasis temporal, pero, en este sentido, has vuelto a la casilla de salida.

—Así lo he vivido yo, sí. Y debo confesar que me he sentido decepcionada con algunos de los que creía mis amigos —dije con cierta amargura—. Como Carlos tiene una posición más influyente que la mía, puede que algunos hayan tomado partido por él por ese motivo.

Nada más pensar en eso, sentí que la tristeza ya apaciguada volvía a burbujear en mi interior. Rosita me sirvió más enchilada y me llenó el vaso de limonada natural.

—Quizás no sea eso —aventuró—. El hecho de estar sola puede hacer que ya no encajes en los círculos de siempre, míralo así. Tu situación ha cambiado para ti, pero no para esas personas… Además, alguna amistad tendrás que tú misma has desatendido, ¿o acaso has hecho mucho caso a tu amiga Bárbara desde que te separaste? —añadió Rosita con una sonrisa que era una mezcla de severidad y ternura.

—Tienes toda la razón —admití algo avergonzada.

—De hecho, lo que deberías hacer ahora es emplearte en el octavo paso para transformarte en una mujer nueva.

—¿Y qué tengo que hacer? —pregunté interesada.

—Salir al mundo, sin duda. Revivir viejas amistades y hacer otras nuevas. Debes mostrar que estás viva y dispuesta a explorar nuevas posibilidades.

Tomé la mano de Rosita y di las gracias al universo, una vez más, por tener a aquel ángel en mi vida.

—¿Y qué puedo hacer para abrirme al mundo?

—Se me ocurre que puedes hacer una lista de cosas que te gusten y te hagan estar bien. Piensa si te apetece aprender algo nuevo, como clases de baile, conocer otras lenguas o lo que sea de tu interés. —Rosita se interrumpió para servir más limonada, luego siguió—: En fin, cualquier cosa que, al aprenderla, te ayude a sentirte más feliz y realizada. Cuando la hayas elegido, ponte manos a la obra y empieza con tu nueva actividad. Allí tendrás la oportunidad de conocer a personas con los mismos gustos que tú y, ¿quién sabe?, puede ser un buen principio…

—No considero la posibilidad de volver a enamorarme, Rosita —la advertí—. No estoy preparada para eso.

—Estoy hablando de hacer amistades, hijita. Apúntate a un viaje, quizás allí conozcas a gente en la misma situación que tú. No para enamorarte, sino para no tener que convivir con parejas. Necesitas encontrar a personas que estén solas y libres como tú para compartir desde la igualdad.

—No me veo en un autocar o en un «barco de *singles*» haciendo turismo con desconocidos.

—Pues apúntate a clases de baile. La danza nos conecta con el cuerpo y con los ritmos de la vida. Sea como sea, ocupar unas horas a la semana en hacer cosas que te gusten alimentará tu valía. Así, poco a poco, te irás acostumbrando a escucharte y descubrirás qué te gusta y qué se te da bien. Es tu momento de aprender a disfrutar y tienes una maravillosa oportunidad para hacerlo.

Me quedé pensativa. En mi época de esposa de ejecutivo, muchas «mujeres de» llenaban su tiempo libre con catas de vinos o actividades que ahora no me apetecía acometer.

Los ahorros que tenía y la pensión que había empezado a recibir de Carlos me permitían un paréntesis en mi vida laboral. Había descubierto que dedicar parte de mi energía en ayudar a los demás me haría más feliz.

Aunque todavía no me sentía lo bastante fuerte, la idea me atraía cada vez más.

Se lo comenté a Rosita de forma desordenada y me dijo muy convencida:

—Dar es recibir, de eso no tengas duda. La misma tierra nos lo demuestra: si plantas una buena semilla, la riegas y la cuidas, con el tiempo recogerás los frutos de lo que has plantado. Esa es una ley que la naturaleza nos enseña.

—Creo que no estoy preparada para hacer grandes aportaciones al mundo —reconocí—, pero puedo intentarlo.

—No pienses en grandes obras de entrada, sino en algo pequeño —me sugirió mi tutora espiritual—. Basta con que tenga significado para ti y para alguien más.

De repente, un nombre y un rostro iluminaron mi conciencia. Y, siguiendo el impulso, marqué su número de teléfono.

Al escuchar su voz alegre al otro lado de la línea, supe que no me había equivocado.

Un nuevo viaje

Durante una intensa conversación de veinte minutos, le expliqué atropella-
damente a mi amiga Bárbara todo lo que había vivido en los últimos días,
desde mi viaje a Mazunte hasta la partida de Anthony. Al llegar al final de
mi relato, se quedó unos segundos en silencio, lo cual me hizo dudar de que
continuara al otro lado de la línea.

—¿Sigues ahí, Bárbara?

—Oye, me has dado una idea. ¿Y si nos vamos tú y yo a algún lugar
mágico de México?

—¡Me encantaría! —respondí feliz de haber recuperado a mi buena
amiga—. ¿Estás pensando en algún *resort* cerca de Cancún? Ahora mismo
mi situación económica no me permite...

—No estoy pensando en esa clase de vacaciones, querida —me cortó—,
sino en una verdadera aventura. Podríamos ir a Real de Catorce y visitar el
desierto con los indios huicholes. Ya sabes, los del peyote...

—Mi cabeza no está aún lo bastante asentada para una experiencia
así —murmuré al pensar en las alucinaciones que contaban tras la inges-
ta de aquel cactus psicoactivo—. Además, Real de Catorce está muy
lejos.

—¿Dónde te gustaría ir, entonces?

Por un instante, mi mirada se perdió en un viejo grabado que colgaba
junto a la ventana de la cocina. Mostraba una pequeña pirámide en ruinas
en medio de la selva.

—Me han hablado de un lugar sagrado y misterioso... —dije al fin—.
Se llama el Templo del Corazón, pero nadie me ha sabido explicar dónde
está.

—¡Fantástico! Vayamos en su busca, entonces. ¿No dicen que preguntando se llega a Roma?

Sonreí ante aquellas palabras, que Anthony había dicho también.

—Quizás tu chófer pueda averiguar dónde se encuentra —sugerí.

—Bien, pero viajaremos sin él. Iremos en un viejo Volvo que fue de mi padre y que lleva años acumulando polvo. Tú y yo solas, abiertas a la aventura, aquí en México.

Sorprendida por el espíritu intrépido de aquella dama cincuentona de alta alcurnia, me dije que yo no me iba a quedar a la zaga.

—De acuerdo. ¿Cuándo salimos?

—¿Mañana?

Aquella misma noche, mientras hacía la maleta antes de acostarme, sentí que volvía a embargarme la energía aventurera de mis años de estudiante, cuando organizábamos viajes de un día para otro. En mi papel de Indiana Jones femenina, elegí un par de mudas con la ropa más cómoda que encontré, ropa interior, unos zapatos para caminar y un mapa del país. Estaba ya cerrando la maleta cuando Rosita apareció con una tisana. Me aseguró que me iría bien para dormir y que estaba hecha con una mezcla secreta de hierbas heredada de su abuela.

Me fijé que en la mano también llevaba un fino pliego de papeles unidos por un cordel de color rojo.

—¿Qué llevas ahí? —le pregunté.

—Te he escrito los dos pasos que te faltan, hijita. Como no tenéis fecha de regreso del viaje, quiero que los lleves contigo para que los leas cuando sea el momento oportuno.

—¿Y cuál será el momento oportuno?

—La intuición te lo dirá —concluyó sonriendo.

Luego me dejó sola con aquella maleta y mi viejo espíritu de juventud.

Autopista a los sueños

Con puntualidad casi británica, a las nueve de la mañana salimos del DF con aquel coche plateado que debía de tener al menos treinta años, aunque parecía nuevo porque estaba cuidado como una pieza de museo.

—Este Volvo fue el primer auto que compró mi padre cuando entró en el cuerpo diplomático —me explicó Bárbara, que casi acariciaba el volante de madera—. Años más tarde tuvo responsabilidades en el Gobierno y coche oficial, pero nunca se desprendió de él.

—Le debía de traer buenos recuerdos —aventuré mientras me ajustaba las gafas de sol.

—Algo más que eso. Mi padre decía que todas las cosas viejas tienen alma. Para él, este coche contenía las ilusiones e ideales de su juventud. De cuando se desplazaba por sí mismo y llevaba a otros diplomáticos a congresos y reuniones por todo el país.

—Debía de ser muy cansado.

—Sí, pero no para él. Desde muy pequeño había soñado con formar parte del cuerpo diplomático. Estudió idiomas por sí mismo desde niño y se aprendió el nombre de todas las capitales del mundo de memoria. —Bárbara suspiró, como si contar todo aquello despertara la devoción que siempre había sentido por su padre—. En fin. Murió relativamente joven, pero con la tranquilidad de haber vivido lo que había soñado de niño.

Aquello me hizo pensar. Mientras salíamos lentamente de la capital federal para tomar la autopista a Guanajuato, me di cuenta de que yo evitaba pensar en mi infancia casi siempre. Y no porque no hubiera sido feliz, al contrario. Justamente porque había sido una niña feliz, me dolía darme cuenta de que mi vida se había convertido en algo muy distinto de lo que yo había soñado.

Al notar mi ensimismamiento, Bárbara me preguntó qué me pasaba y yo se lo conté de manera imprecisa. Tras quedarse un rato cavilando, finalmente me dijo:

—¿Has oído hablar de la última conferencia que Randy Pausch dio a sus alumnos?

—No tengo ni idea de quién es Randy Pausch.

—*Era*. Pausch era un profesor de ciencias de la computación que, a los cuarenta y seis años, dio una última charla en su universidad porque averiguó que le quedaban solo unos pocos meses de vida. Le habían detectado un cáncer incurable. De todos modos, en su lección final apenas quiso hablar de su enfermedad.

—¿Ah no? —pregunté impresionada—. ¿De qué quiso hablar entonces?

—De sus seis sueños infantiles. En los meses que le quedaban de vida, además de dar aquella charla, decidió que lo mejor que podía hacer era dedicarse a cumplirlos.

—Si yo me decidiera a cumplir los míos… —murmuré pensativa—. Tal vez me parecerían un poco ridículos.

—Seguro que no lo son. Algunos de los sueños que se dedicó a cumplir Randy Pausch parecían caprichos propios de un niño, pero para él eran importantes: vivir la gravedad cero, jugar en la liga de fútbol americano, escribir un artículo para la enciclopedia World Book, aparecer en la serie *Star Trek*, ganar un peluche en una feria y trabajar de creativo en Disney.

—Guau… ¿Y lo consiguió?

—Cada uno de aquellos sueños, de una manera u otra —repuso Bárbara entusiasmada—. Consiguió, por ejemplo, que J. J. Abrams le invitara a interpretar un pequeño papel en *Star Trek*, la NASA le permitió vivir veinticinco segundos de ingravidez y la enciclopedia que él admiraba le propuso que escribiera una entrada sobre realidad virtual, su especialidad en la universidad.

—Me parece admirable. Pero quizás hay que tener un carácter especial, carisma y mucho tesón para lograr cosas así…

Bárbara apretó el acelerador en una recta que parecía perderse en el horizonte infinito. El Volvo emitía el suave rugido de una máquina hecha para devorar kilómetros, mientras el sol intenso hacía flamear el suelo y las plantas con una extraña luz. Tras unos minutos concentrada en aquel paisaje casi irreal, mi acompañante me miró de reojo y dijo:

—En su charla, Randy Pausch daba algunas claves para realizar los sueños infantiles, incluso cuando eran tan ambiciosos como los suyos. La primera clave es creer que todo es posible, aunque veas un muro entre tú y tu deseo.

—Pero tal vez el muro está ahí realmente —dije, deseando en aquel momento que Anthony estuviera en aquel coche, con nosotras.

—Sí, pero según este profesor: «Los muros sirven para saber cuánto queremos lograr nuestros sueños».

—Eso me gusta… —le aseguré—. ¿Cuáles son las otras claves?

—Guiarnos siempre por la diversión y el asombro, trabajar duro por aquello que queremos y saber que incluso cuando no logramos lo que deseamos, nos queda algo muy valioso.

—¿Qué nos queda? —pregunté, segura de que sería algo que me convendría recordar.

Bárbara alzó las cejas, disfrutando con mi interés.

—Experiencia para hacerlo mejor la próxima vez. Pero, por último, mencionó un veneno que nunca ayuda a hacer realidad tus sueños: la queja. Eso solo genera negatividad, y la negatividad vuelve imposible lo posible.

—Creo que he estado bastante tiempo intoxicada por ese veneno… —admití mientras el entorno se volvía cada vez más árido—. Y eso sin tener una enfermedad terminal, como ese pobre profesor.

Bárbara asintió suavemente, rozando con las manos el volante de madera, antes de concluir:

—¿Sabes qué más dijo este profesor a sus alumnos en su última lección? —Yo negué con la cabeza, invitándola a continuar—. «Voy a morir muy pronto, pero he escogido estar alegre hoy, mañana y todos los días que me queden de vida.»

Aquello sí que era una gran lección.

Noveno paso: Evita las quejas y el mirar atrás

Querida Patricia,

Este es el penúltimo paso para tu liberación, al que seguirá un último pliego. Si has abierto este ahora, es porque ha llegado el momento de incorporar esta mejora en tu vida.

Todos sentimos la tentación de hablar de las cosas que nos parece que no están bien en nuestra vida, y aún más cuando estás intentando reconstruir tu existencia después de una separación.

Es fácil recrearse en las cosas negativas que nos han ocurrido, sobre todo porque nuestra sociedad da mucho protagonismo a la crítica, las calamidades y la negatividad. No hay más que mirar la televisión o leer los periódicos. Parece que en nuestro mundo no sucedan cosas hermosas.

Si encendemos el televisor, todo lo que escuchamos son los desastres, accidentes, atentados, muertes y demás cosas malas. Las páginas del periódico también están llenas de noticias terribles que han acontecido en todas partes. Y lo mismo ocurre con otros medios de comunicación.

Incluso cuando no hablan de calamidades, los programas más vistos de la televisión tratan de chismes y se dedican a encontrar todos los aspectos negativos de las personas, recreándose en ellos y sacándolos a la luz.

Por pura ignorancia, de tanto hablar y recrearse en la negatividad, la gente atrae más y más cosas negativas, pues hay una ley, un principio vital, que dice que haces más grande y atraes aquello en lo que te concentras. Así, si nos centramos en los aspectos positivos de algo, nuestra vida se convertirá en un imán para atraer todo lo bueno hacia nosotros.

El chamán de mi poblado siempre decía que los seres humanos tienden naturalmente a la perfección. Llevamos esta aspiración muy dentro y tenemos la posibilidad de elegir en cada instante de nuestra vida qué energía y actitud escogemos ante cada situación.

Si nuestra actitud es positiva, los resultados también serán positivos. Y si, por el contrario, tomamos una actitud negativa, estaremos atrayendo circunstancias negativas.

Nuestros ancestros sabían que estamos en este planeta para ser inmensamente felices y que cada persona, conociendo las leyes fundamentales que rigen el universo y aplicándolas en su día a día, puede crear una vida plena llena de dicha, benevolencia y felicidad.

Así que, para atraer esa felicidad, hablemos de las cosas buenas que nos pasan, comentemos cada detalle bueno que nos haya ocurrido, pensemos en lo que nos gusta hacer y recreémonos en lo positivo de nuestra existencia y en lo positivo de las personas que tenemos a nuestro alrededor.

Si lo hacemos, nuestra existencia cambiará de una forma maravillosa.

Si nos esforzamos en desmenuzar, recordar y disfrutar todas las cosas buenas de nuestra vida, esta se orientará siempre hacia el sol de la felicidad.

Te quiere,
ROSITA

El callejón del Indio Triste

Había leído la carta con el noveno paso aprovechando un largo rato de silencio mientras atravesábamos el desierto. Tras cuatro horas de conducción desde Guanajuato hacia el norte, como si mi nueva disposición mental obrara milagros, de la planicie seca barrida por los vientos emergió una urbe que me dejó sin aliento.

Situada entre dos montañas altas, Zacatecas me parecía una ciudad de leyenda. Y, a medida que nos adentramos en el casco histórico, las calles se convirtieron en un laberinto lleno de secretos por descubrir. Antes de encontrar un lugar donde aparcar, rodeamos mansiones coloniales, iglesias e incluso algún convento abandonado.

—Mi padre siempre decía que este era el lugar más bello que había visto jamás —me aseguró Bárbara—. Por eso he querido traerte hasta aquí antes de nada.

—Es impresionante… —dije sacando la cabeza por la ventanilla—. Se nota que esta ciudad ha sido muy rica.

—Lo fue, gracias a sus minas de plata. Pero aún hoy tiene muchas riquezas que ofrecer.

Tras aparcar el Volvo en un garaje vigilado del centro, salimos a pasear cuando la tarde empezaba a caer sobre el casco histórico. Siguiendo los arpegios de una guitarra, nos adentramos en el callejón del Indio Triste.

Entre los viejos edificios de fachadas de color naranja, nos atrajo la luz de una posada. Cruzamos la puerta y nos encontramos en una cantina rústica donde un joven de tez morena tocaba la guitarra con el sombrero calado hasta los ojos. Se interrumpió un momento al vernos llegar y, tras levantar la mano a modo de saludo, siguió tocando lo que parecía una nana mexicana.

Pedimos dos limonadas a un viejo indígena que se alzaba detrás de la barra y nos sentamos en una mesa cerca del músico.

Justo entonces se abrió la puerta y un hombre de unos cincuenta años, moreno y vestido de blanco impoluto, se acercó a nosotras.

—Sirva una copa a las señoras —ordenó al camarero.

—No, gracias —intervino Bárbara—. Tenemos ya bebidas.

El recién llegado se sentó en la mesa junto a la nuestra y, tras mirarnos largamente, añadió:

—Tengo la mejor agencia de *tours* de la ciudad. Si desean bajar a las minas o ver Zacatecas desde el teleférico, les puedo ofrecer boletos con descuento.

—Gracias nuevamente, pero no —insistió mi amiga—. Acabamos de llegar y aún no hemos decidido lo que haremos.

—Esa es la mejor manera de viajar, señoras. El buen viajero nunca sabe adónde va. Disculpen entonces.

El hombre se disponía ya a tomar su cerveza, cuando de repente tuve una inspiración.

—Si tiene una agencia turística, tal vez sí pueda ayudarnos —le dije—. Hace tiempo que oigo hablar del Templo del Corazón, pero nadie me ha sabido decir dónde se encuentra. Ni siquiera hemos averiguado en qué parte de México está.

El hombre me miró con incredulidad, como si no diera crédito a lo que oía. Luego esbozó una sonrisa orgullosa y declaró:

—Señoras, están ustedes de suerte. Hay un viejo monasterio con ese nombre más allá del cerro del Grillo. Puedo llevarlas hasta allí esta misma tarde en mi taxi, si quieren.

—Gracias por el ofrecimiento —intervino Bárbara—. Pero hemos venido en nuestro propio coche.

—Olvídese de esa idea, señora, y deje el coche donde está. No es nada fácil dar con ese templo. Se encuentra pasada una hacienda, más allá del cerro. Yo las conduciré y las llevaré de vuelta a su hotel antes de la cena. Serán cien pesos, no más.

Bárbara quiso oponerse nuevamente a la idea, pero, emocionada como estaba por haber encontrado a alguien que conocía dónde se encontraba el templo del que me había hablado Rosita, tomé la iniciativa:

—De acuerdo.

El coche de las puertas abiertas

Al cabo de un rato salíamos de Zacatecas en un Mercedes lleno de abolladuras, cuyo motor parecía gemir a medida que remontábamos las callejuelas que llevaban al cerro del Grillo.

Sobre nosotros, una cabina roja de teleférico atravesaba lentamente un cielo que se iba tornando ocre.

—Debe de ser el último del día —comentó nuestro chófer, que se había presentado como James—. Les recomiendo que otro día que tengan tiempo admiren la ciudad desde las alturas. Por cierto, ¿viven ustedes en el DF?

Le expliqué sin demasiados detalles que solo hacía un tiempo que me había instalado allí.

—Entonces es usted de la Madre Patria. Espero que México la esté tratando como merece, señora. ¿Y su amiga? ¿A qué se dedican sus maridos?

Noté cómo Bárbara se ponía repentinamente tensa antes de responder:

—¿Por qué no pregunta a qué nos dedicamos nosotras?

—Disculpen si las he molestado, señoras. Al estar aquí de vacaciones y sin planes preestablecidos, he supuesto que están ustedes ociosas.

—Esté atento a la conducción, James —dijo Bárbara secamente—. No queremos que se nos haga de noche. ¿Falta mucho para llegar al templo?

—Veinte minutos no más.

Dicho esto, empezamos a circular pendiente abajo por calles llenas de casas humildes. Nuestro chófer parecía disgustado y pitaba a los niños descalzos que jugaban en el asfalto a aquella hora del crepúsculo.

Una vez hubimos abandonado el último arrabal de Zacatecas, el coche tomó un camino polvoriento que no parecía conducir a ningún sitio. Para rebajar la tensión que se había creado entre Bárbara y el conductor, decidí preguntarle:

—¿Cómo es el Templo del Corazón? Tiene que estar ya cerca...

—Si le digo la verdad, no he llegado a entrar nunca —dijo en un tono más relajado—. Es un monasterio abandonado por los franciscanos, y pocas veces me han pedido que lleve a alguien hasta ahí.

—¿Y le contaron los viajeros lo que había en su interior? —insistí—. He oído hablar cosas maravillosas de ese lugar. Me dijeron, literalmente, que ahí dentro se obran milagros todos los días.

—Es posible... Ya se sabe que este es un país de brujos y magos, aunque visto desde fuera parece una ruina. Pronto podrán comprobarlo por ustedes mismas.

En este punto, el tono de James cambió súbitamente a otro más serio.

—Un momento... ¿qué diablos es eso?

El Mercedes frenó al ver un coche que avanzaba hacia nosotros con las puertas abiertas.

Volvíamos a estar en el desierto y aquel coche blanco de grandes dimensiones nos cortaba el paso.

Muy nervioso, James conectó la radio del Mercedes. Del otro lado salió la voz estridente de un hombre con el que intercambió varios mensajes cortos e incomprensibles.

Luego se giró hacia nosotras y, con la frente perlada de sudor, dijo:

—Estoy pidiendo ayuda. Esto no me gusta nada...

Bárbara me tomó la mano muy fuerte. Yo estaba hipnotizada ante la visión del coche blanco que, con las puertas abiertas, terminó de avanzar hacia nosotros hasta cortarnos totalmente el paso.

Entonces, del interior salió un hombre encapuchado y empezó a caminar hacia nosotros blandiendo una pistola.

—Chinga tu madre... —dijo el chófer.

Bárbara tiró de mí para que me agachara, temiendo que nos pudieran disparar allí mismo. Encogida sobre mí misma y en estado de *shock*, antes de que el pistolero fuera a por nosotras, Bárbara me susurró al oído:

—Sobre todo, no digas quién soy.

Un posible final

A partir de ahí todo sucedió con una velocidad terrorífica. El encapuchado encañonó primero a James, que levantó las manos del volante y empezó a suplicar de forma atropellada. Tras entender que el chófer no se arriesgaría a hacer nada, abrió la puerta de atrás y extendió el brazo hasta que la pistola me rozó la cabeza.

Temblando y llorando a la vez, yo ya me estaba preparando para el final cuando oí que Bárbara le hablaba con un tono admirablemente sereno:

—Por mucho que se tape la cara, le acabarán encontrando. Si hace algo irreparable, pasará el resto de su vida en la cárcel, téngalo en cuenta.

—Cállese y entreguen sus móviles y los bolsos —dijo con una voz oscura y sin emoción—. ¡Ahora!

Hicimos lo que nos pedía con la esperanza de que, una vez conseguido el botín, el pistolero nos dejaría y podríamos regresar a la ciudad. Sin embargo, pronto comprendí que lo peor estaba por llegar.

—Salgan del coche. Usted vuélvase inmediatamente por donde ha venido —le ordenó a James—. Y dé las gracias a la Virgen por haber salvado la vida.

—Pero… —murmuró en un mar de sudor—. ¿Y las señoras?

—Seguirán el viaje con nosotros, no se apure. ¡Largo!

Antes de que pudiéramos siquiera gritar, el encapuchado nos hizo salir del coche. James pisó entonces el acelerador y dio media vuelta, levantando una nube de polvo. Luego salió zumbando por la carretera desierta en dirección a Zacatecas.

Empujadas por el pistolero, que se puso a nuestra espalda, caminamos hasta el coche. Seguía con las puertas abiertas y tenía al volante otro hombre encapuchado.

—Ese malnacido de James, si se llama así, nos ha metido en esta trampa —me dijo Bárbara con un aplomo que me sorprendió—. Si salimos de esta, moveré cielo y tierra hasta encontrarle.

—Cállese la boca —le ordenó el hombre de la pistola—. Y agradezcan al cielo que no quepan las dos en el maletero. Les vamos a conceder la gracia de viajar en el asiento de atrás.

Dicho esto, el conductor salió del coche con dos paños negros, nos vendó los ojos y nos ató las manos a la espalda de manera un tanto precipitada, entendí que tenían prisa por abandonar aquella carretera en la que aún no habíamos visto otros coches.

Entonces, nos empujaron al asiento de atrás y oímos cómo se cerraba la puerta. Luego el coche arrancó.

—Les aconsejo que no intenten nada raro —dijo la voz del conductor—. Esto puede acabar en veinticuatro horas si cooperan y todo sale como es debido. O puede ser el final de ustedes si no se portan bien.

Durante un tiempo que se me hizo eterno, entendí por los movimientos del coche que nos habían metido por pedregosos caminos secundarios. Los dos secuestradores no hablaron entre ellos, como si supieran muy bien lo que debían hacer.

Nosotras tampoco dijimos nada.

A mi cabeza acudían todas las historias terribles que había oído desde que vivía en México. En el mejor de los casos, aquello podía ser un secuestro exprés para vaciar nuestras tarjetas de crédito una vez les diéramos el número secreto. Sacarían la cantidad máxima aquella noche y la misma cantidad a partir de las doce.

Si después de eso nos liberaban en algún camino abandonado, habríamos salvado la vida.

Pero la posibilidad de que fuera otra clase de secuestro hacía que estuviera paralizada por el pánico. Cada día se publicaban en la prensa noticias de familias que recibían una mano del secuestrado para obligarles a pagar un rescate astronómico.

En mi caso, aquello no podía salir bien. No tenía a nadie para pagar mi rescate. Anthony ya no estaba en el país y, en el caso desesperado de que pidiera ayuda a mi exmarido, su nueva amante no permitiría que pagara una fortuna por mí.

Al contrario, para ella, mi secuestro, tortura y muerte sería la mejor de las noticias.

En medio de estos pensamientos funestos, el coche se detuvo. La voz de un tercer hombre afuera me indicó que habíamos llegado a algún lugar habitado. No obstante, el canto enigmático de los grillos al salir hacía pensar en alguna propiedad rural, lejos de miradas ajenas.

Fuimos conducidas a empujones hasta el interior de una construcción con la puerta muy baja. Un gruñido metálico reveló que estaban abriendo el zulo donde íbamos a ser encerradas.

Antes de que eso ocurriera, sin embargo, me atreví a decir:

—Necesito mis cosas.

Una mano que era como una garra me apretó el brazo hasta hacerme gritar.

—Tengo el período —expliqué con la mayor dignidad que pude—. Necesito el contenido de mi bolso.

Como toda respuesta, soltaron nuestras ataduras y fuimos arrojadas sobre un colchón en el suelo. Tras liberarnos de la venda en los ojos, y antes de que nuestra celda se cerrara definitivamente, uno de los esbirros vació el contenido de mi bolso en el suelo de la habitación, que no tendría más de cinco metros cuadrados.

Entre mis cosas esparcidas, distinguí los pliegos de Rosita y los tomé como un tesoro.

Décimo paso: Utiliza tu imaginación para crearte una vida mejor

Querida Patricia,

Como ya te he dicho en múltiples ocasiones, sé por experiencia que aquello en lo que te concentras y piensas es lo que atraes y se manifiesta en tu vida.

Cuando estás pensando en algo, tu cerebro no sabe si es realidad o fantasía y empieza a crearlo para ti. Recuerda que estamos hechos a imagen y semejanza de nuestro creador que, como dice la palabra, tiene el poder de crear.

Así pues, es tu legítimo derecho utilizar este don con el que has sido dotada para crearte las mejores situaciones y la mejor vida para ti y para los demás.

Si dejas que la mente recree tus miedos y limitaciones, tu vida se teñirá de los colores de esas emociones. En cambio, si utilizas tu fuerza mental y tu capacidad creadora para imaginar las mejores cosas y los mejores resultados, tu mente se convertirá en una aliada perfecta para procurarte una vida plena y feliz.

En el momento de decidir qué historias bonitas quieres imaginar acerca de tu vida, es importante que te encuentres en un estado de benevolencia y tranquilidad.

Si estás enfadada o sientes ira, miedo o rencor, tus pensamientos y las historias que crees vendrán de una frecuencia egotista y torturada que te sugerirá historias y pensamientos infelices.

Así pues, cuéntate historias felices para tu vida y la de los demás. Hazlo desde la benevolencia y la serenidad para que tus creaciones mentales te traigan la mayor dicha.

Haz y piensa acerca del otro lo que te gustaría que pensaran e hicieran a ti.

Con todo mi cariño,

ROSITA

Confidencias en la oscuridad

—¿Qué dice tu último paso? —preguntó Bárbara, a quien había tenido tiempo de poner al corriente de todo y que me había observado atentamente mientras leía la última carta de Rosita con la ayuda de un mechero.

—Parece una ironía, dada nuestra situación —respondí—, pero se trata de visualizar una vida plena, en la que tus sueños se cumplan.

El calor asfixiante y la falta de oxígeno del estrecho zulo contrastaban dramáticamente con aquella idea. Tal vez por eso, Bárbara se permitió liberar una carcajada.

Tal como había esperado, nos habían pedido el número secreto de las tarjetas de crédito para sacar lo máximo antes y después de medianoche. En el mejor de los casos, seríamos liberadas después de eso.

—¿Qué hora calculas que es, Bárbara? —pregunté, luchando por no sucumbir a un ataque de pánico.

—Es difícil de saber… pero seguro que ya ha pasado la medianoche. Ya casi se había puesto el sol cuando tuvimos la genial idea de salir con ese cerdo.

—La culpa es mía —dije dando paso a las lágrimas—. Fui totalmente irreflexiva al aceptar meternos en el coche de un desconocido. Y lo que más me duele es haberte arrastrado a ti con mi temeridad. Aquello que te suceda, será por mi culpa.

Bárbara tomó mi mano con fuerza y, desde las tinieblas, me habló con voz serena:

—Aunque esto tenga el peor final posible, estoy contenta de unir mi destino al tuyo.

—¿Cómo puedes decir eso? —dije llorando sin freno.

—Eres una persona maravillosa —me aseguró—. Cuando nos conocimos, yo estaba pasando por una depresión debido a la muerte de mi pareja. Es algo que no he contado a nadie aún.

—No sabía que tenías pareja... —murmuré asombrada—. Nunca me dijiste nada.

—Como te he dicho, nadie lo sabía. Luego te contaré por qué. El caso es que, de alguna forma, tú notaste que necesitaba amarrarme al mundo de algún modo, porque durante las semanas más duras de mi vida me llamaste todos los días y siempre me incluías en tus planes.

Mientras respiraba con dificultad y trataba de abrir los ojos en la penumbra, pensé con asombro que no había sido consciente de semejante situación. Bárbara era la primera amiga que hice fuera del entorno de mi exmarido y la llamaba todas las noches simplemente porque me gustaba compartir con ella las novedades del día a día, ¡y me encantaba su sentido del humor!

Quizás porque acabábamos de conocernos, en aquel momento no había sido consciente de que Bárbara estaba pasando por un duelo. Más bien había pensado que aquella sonrisa triste formaba parte de su modo de ser.

—Debo confesar que no era consciente de que te estaba ayudando —dije empapada de sudor, debido al calor asfixiante de aquel espacio tan reducido—. Simplemente me gustaba tu compañía y trataba de aprovecharme de ti todo lo posible. Lamento muchísimo haber desaparecido después...

—Pensé que te habías cansado de mí —reconoció Bárbara—. Después de un par de llamadas sin respuesta y de tus escuetos mensajes, decidí respetar tu silencio. Pero luego supe que te encontrabas en dificultades y fui hacia tu casa sin más demora.

En ese punto recliné mi cabeza en su hombro y le dije:

—Eres un verdadero ángel, Bárbara. Aunque todo terminara esta noche, merece la pena haber vivido solo por el privilegio de haberte conocido.

—Yo pienso lo mismo, querida. No lo dudes.

Unos pasos al otro lado de la puerta revelaron que había movimiento en la casa. Para desviar mi mente del pánico que me atenazaba, pregunté a Bárbara:

—¿Quién era la pareja que perdiste justo antes de conocernos? Aunque si no quieres hablar de ello, lo entenderé perfectamente.

—Claro que quiero hablar de ello. Entre nosotras ya no hay secretos, y menos en este...

El gruñido de la puerta al abrirse interrumpió nuestra conversación, a la vez que mi corazón se disparaba dentro de mi pecho.

En el umbral, la figura de un hombre alto con sombrero nos observó durante unos segundos que se me hicieron eternos. Luego habló con una voz ligeramente amanerada:

—No es suficiente.

—¿A qué se refiere? —preguntó Bárbara con aplomo.

—El dinero, no es suficiente. La tarjeta de la señora ha permitido sacar dos cantidades dignas, pero en la otra solo había veinte mil pesos.

—En mi bolso hay dos mil pesos más, y quinientos dólares —salté, cada vez más asustada.

—No es suficiente. Ustedes no lo saben porque llevan una vida acomodada —dijo con sorna—, pero la vida en México es cara. Muy cara.

—Guárdese sus discursos y diga cuánto más quiere robarnos —replicó Bárbara con firmeza—. Conseguiremos ese dinero.

—*Huerita, huerita...* Quizás en su mundo pone usted las reglas, pero aquí es diferente. En un par de horas llegará el jefe. A él no podrá hablarle en ese tono, se lo aseguro.

Dicho esto, volvió a cerrar la puerta y la selló con llave.

Las horas felices

Tras unos minutos llorando, abrazadas, finalmente me desplomé sobre el colchón. Estaba exhausta por el miedo y la tensión de la espera. Bárbara, sin embargo, se mostraba admirablemente serena, como si le trajera sin cuidado lo que pudiera pasar aquella madrugada. Mientras yo luchaba por respirar con el corazón cada vez más desbocado, ella se tendió a mi lado y empezó a hablar con voz resignada:

—La carta de tu amiga Rosita me ha recordado un relato anónimo que leí hará unos años. ¿Quieres que te lo cuente?

Murmuré un tímido «sí» de aprobación, y ella empezó su relato:

—Resulta que dos hombres muy enfermos compartían la misma habitación de un hospital. Cada tarde, las enfermeras permitían sentarse en su cama a uno de ellos, por espacio de una hora, para drenar el líquido de sus pulmones. Su cama daba a la única ventana que había en la habitación. El otro hombre tenía que permanecer acostado e inmóvil todo el tiempo, puesto que su estado físico no le permitía otra cosa, y no podía ver nada.

»Los dos hablaban cada día durante horas. Charlaban de sus esposas y familias, de sus hogares, de los trabajos que habían tenido, del servicio militar, de los países que habían conocido... Cada tarde, cuando el hombre de la cama junto a la ventana se sentaba, aprovechaba para describir a su vecino todo lo que se veía desde ella.

»El enfermo de la otra cama deseaba con intensidad que llegara ese momento, porque su mundo se ensanchaba y adquiría una nueva vida al conocer los movimientos y colores del mundo exterior. Aquella ventana daba a un parque con un gran lago, donde los patos y cisnes surcaban el agua mientras los niños jugaban con sus cometas. Había enamorados paseando de la mano y flores de todos los colores imaginables. Árboles imponentes embellecían el paisaje y, en la distancia, se podía ver el *skyline* de la ciudad.

»Cuando el hombre describía esto con todo lujo de detalles, el otro cerraba los ojos e imaginaba todas aquellas maravillas que no había valorado estando sano. Y, aunque no podía ver por sí mismo lo que le contaba su compañero, gracias a sus palabras, con los ojos de la mente veía exactamente todo lo que había.

»Pasaron muchos días así hasta que, una mañana, el médico de guardia encontró el cuerpo sin vida del hombre de la ventana. Había muerto en paz mientras dormía. Y su vecino de cama lloró la pérdida de quien consideraba ya un amigo.

»Cuando se hubieron llevado el cuerpo, el hombre que quedaba pidió ser trasladado a la cama al lado de la ventana. La enfermera lo hizo encantada y, tras estar segura de que estaba cómodo, abandonó la habitación. Con mucha dificultad, el hombre se ayudó del codo para levantarse y mirar por sí mismo a través de la ventana. Tras el esfuerzo de incorporarse, se encontró con una pared blanca.

»Sin dar crédito a lo que veía, preguntó a la enfermera por qué su compañero muerto habría descrito cosas tan maravillosas a través de aquella ventana que daba a un muro.

»—Su compañero era ciego, así que no podía ver ni la pared —le confesó la enfermera, que añadió—: Seguramente solo quería animarle a usted.

—Qué gran corazón... —musité emocionada por el relato de Bárbara. Y me di cuenta de que, probablemente, no había propósito más noble que dibujar un mundo feliz para alguien, por muy desesperada que fuera la situación.

En ese instante algo me sucedió, como si de repente una bombilla de millones de kilovatios de luz se hubiera encendido en mi interior, y sentí que todas las enseñanzas que había recibido de mi maestra Rosita se habían integrado en mi conciencia y cobraban sentido. Entonces supe con certeza que todos los seres humanos tenemos la capacidad de cambiar y de construir nuestras vidas, y que en nuestro interior tenemos toda la fuerza del universo para solucionar y manifestar la mejor vida posible. En esos instantes en los que el tiempo se paró para mí, descubrí que el Templo del Corazón es un lugar que todas las personas tenemos en nuestro interior, y que todos podemos encontrar y aprovecharnos de la maravillosa y milagrosa energía que reina en ese espacio sagrado, donde como muy bien me había explicado mi maestra, todo es posible.

Después de aquella mística experiencia y sintiéndome incapaz por el momento de compartir con Bárbara lo que acababa de experimentar, alcancé a decirle:

—No sé si saldremos de esta, pero si lo conseguimos quiero decidir cómo será mi vida en adelante.

—Me parece una idea fantástica —dijo Bárbara ajena a mi recién encontrado tesoro—. De hecho, yo ya he decidido cómo quiero que sea la mía.

—¿De verdad? —pregunté admirada.

—Sí. Nunca más voy a ocultar a nadie lo que me hace feliz.

Tras pensarlo unos instantes, llegué a la conclusión de que se refería a aquella pareja que había fallecido. ¿Se trataba de un hombre casado? No me gustaba aquella idea, pero no era el momento ni el lugar de emitir juicios.

No obstante, Bárbara se ocupó de aclararlo:

—Mi pareja era una mujer bastante mayor que yo. Era una profesora de mi facultad y mantuvimos nuestra relación en secreto, más por mi deseo que por el suyo. —La voz se le quebró al recordar esto último—. Ella era una mujer liberal que había nacido en Alemania del Este. No tenía compromisos familiares ni debía explicaciones a nadie, pero yo no me sentía tan libre como ella. Temía defraudar a mi padre o hasta a los amigos de mi padre, así que nunca me permití pasear con ella de la mano como una pareja normal, y me arrepiento profundamente. Si salvamos la vida, nunca más ocultaré al mundo lo que siento. Les guste o no, tendrán que aceptar a la Bárbara que soy.

Llena de admiración por mi amiga, al llegar mi turno me sentí pequeña e insignificante. Aun así, hice mi parte del ejercicio retomando sus palabras:

—Si salimos de esta, me prometo a mí misma no preocuparme nunca más por las personas que han decidido no quererme y querer mucho más a las que merecen todo mi amor. En el fondo, mi propósito no es tan distinto del tuyo... —dije al darme cuenta de ello—. No sé si por miedo o por orgullo, no he sabido decir a las personas que quiero cuánto las amo.

Dos fuertes golpes en la puerta nos enmudecieron de nuevo.

Tras aquel aviso, la llave giró lentamente dentro de la cerradura y las dos supimos que, al otro lado, nos esperaba el jefe de la banda y amo de nuestro destino.

La condena

El jefe de la banda, que era de baja estatura y llevaba también la cabeza cubierta, nos esperaba en un saloncito lóbrego junto a una mesa en la que brillaba un enorme cuchillo.

Dos encapuchados nos empujaron hacia aquel hombre, cuya postura y actitud revelaban una crueldad sin límites.

Detenidas a un escaso metro de él, sentí que las piernas me flaqueaban y tuve que hacer un esfuerzo para no desmayarme allí mismo.

—Ya saben que el pago ha sido insuficiente —dijo nuestro captor con voz inexpresiva—. Y que vamos a tener que buscar otra vía para costear su libertad.

—Para pagar el secuestro —apuntó Bárbara, manteniendo el tipo hasta el final—. Hablemos en plata.

—Como quiera… El rescate no puede bajar de dos millones de pesos.

Haciendo un cálculo mental, me salía una cifra cercana a los cien mil euros. Me dije que era imposible que nadie en México pagara aquello por mí, pero Bárbara decidió controlar el rumbo de la negociación.

—Les conseguiré ese dinero.

—Dos millones de pesos por cada una, se entiende.

—Algún día recibirán su justo castigo —no pudo evitar decir mi amiga—. Mientras tanto, no nos queda otra que ceder. Díganos dónde hay que depositar el dinero y procúreme un teléfono para poder pedirlo a una persona de mi confianza.

—No señora, no… —replicó el otro con un tono alarmantemente sereno—. Aquí soy yo quien dicta cómo se hacen las cosas. Deme ahora mismo el nombre y dirección de esa «persona de confianza», que le vamos a mandar un regalito para que sepa que esto va en serio.

Vi de reojo que Bárbara palidecía, por primera vez desde que había empezado aquel secuestro. Aquello hizo que me abandonaran las fuerzas. Solo me mantuve en pie porque la garra de uno de los encapuchados en mi brazo me hizo gritar de dolor.

—Aceptamos el trato —dijo Bárbara con un hilo de voz—. Ahora mismo le doy su nombre, teléfono y señas. Esa persona responderá por nosotras y procurará el dinero, especialmente si me deja hablar por teléfono. Pero olvídese de los regalitos.

—Es usted muy tozuda, *huerita*. ¿Cómo puedo hacerle entender que aquí las normas las pongo yo? Vaya apuntando en un papel los datos del pagador, que el regalito lo preparamos ahora. Un buen obsequio siempre ayuda a agilizar las cosas...

Tomando el cuchillo de la mesa, le ordenó a mi vigilante:

—Tráeme a la jovencita, venga. Acabemos pronto.

Yo estaba tan aterrorizada que fui incapaz de gritar. Como una muñeca de trapo, con todos los músculos en tensión, fui conducida hasta la mesa por el esbirro.

—Suéltala, o no hay trato —dijo Bárbara levantando la voz—. Si la mutiláis, no voy a daros ningún contacto y os quedaréis sin rescate. Podéis matarnos a cuchillazos si queréis.

El jefe pareció impresionado por la súbita valentía de Bárbara, que clavó en él sus ojos pequeños y obstinados.

—Dejad a esa floja —ordenó refiriéndose a mí—. Y traed en su lugar a la sargento. Como los toros de lidia, necesita que la piquen para que pierda impulso.

Con una dignidad sobrehumana y una vez me hicieron a un lado, Bárbara avanzó y puso la mano sobre la mesa.

—Esto ya me gusta más —dijo él—. Yo soy de los que saben apreciar el valor, por eso te voy a cortar solo un dedo en lugar de la mano. Pero yo elijo cuál... ¡Sujetadla para que no se mueva!

Apoyada contra la pared, todo mi cuerpo temblaba ante lo que estaba a punto de suceder. Bárbara cerró los ojos y todos los músculos de su cara se tensaron.

Mientras un encapuchado la sujetaba desde atrás, el verdugo le inmovilizó la mano y se acercó el cuchillo a los ojos para asegurarse de que estaba bien afilado. Pero antes de que pudiera bajarlo hasta su objetivo, el hombre que me custodiaba dijo:

—¿Ha oído eso, jefe? Parece que se nos ha metido un animal en el jardín.

El interpelado desvió la mirada hacia el ventanal que daba al exterior, un instante antes de que el cristal estallara en mil añicos.

Cuando pude enfocar de nuevo tras el estallido, el hombre del cuchillo estaba en el suelo con un gran orificio en el pecho.

Renacer

Abrazada a Bárbara en el asiento de atrás, mientras atravesábamos el desierto de Zacatecas, me sentía en Marte. O incluso en un planeta más lejano. Con la sensación de haber vuelto a nacer, observaba el mundo con ojos nuevos a medida que el *jeep* militar nos llevaba de regreso a casa. El coche de mi amiga sería conducido de vuelta al DF por un soldado. Tras habernos rescatado, el oficial al mando de aquella misión no quería correr el riesgo de que nos sucediera nada más.

—El mundo es un lugar muy bello —suspiré—. Quizás uno tiene que haber estado a punto de morir para darse cuenta de ello.

—Estaba pensando lo mismo, querida amiga… —dijo Bárbara, que no apartaba la mirada de aquel paisaje bañado por el amanecer.

—Y me parece un milagro que el ejército mexicano haya dado con nosotras. Un poco más y…

—No ha sido por casualidad —me interrumpió—. Antes de que nos metieran en el coche de los secuestradores, activé en mi móvil una alarma geolocalizada que emite señales incluso cuando está apagado. Son precauciones que hay que tomar cuando tu padre ha tenido cargos de responsabilidad en el Gobierno.

—¡Entonces me has salvado la vida, Bárbara! —dije y, recordando lo que me había dicho al inicio del secuestro, añadí—: Ahora entiendo por qué me dijiste que no revelara quién eras…

—Era vital —me confirmó—. De haber sabido que llevaba esta clase de dispositivo, habrían destruido mi móvil o lo habrían sumergido, con lo que jamás nos habrían encontrado.

—En cualquier caso, hemos vuelto a nacer, Bárbara —dije emocionada—. Ahora debemos ser fieles a lo que nos propusimos cuando estábamos en aquel zulo temiendo lo peor.

—Sí, tienes razón —declaró mi amiga con un resplandor nuevo en los ojos—. Viviré de una forma totalmente distinta a partir de ahora, y disfrutaré de cada día como si fuera el último. Lo juro.

El largo viaje pareció transcurrir en un suspiro. A primera hora de la tarde entrábamos en el DF, donde el barullo de la vida contrastaba con las horas de angustia y pánico que habíamos vivido durante el secuestro.

—Esto de ser conducida por un vehículo militar me hace sentir una autoridad —dije al darme cuenta de que algunos transeúntes se fijaban en nosotras.

—Conozco esa sensación… —sonrió Bárbara.

Después de insistir mucho, convencí al sargento que conducía el *jeep* de que la dejara en su casa a ella primero.

Tras un abrazo largo y cariñoso, nos despedimos con un sincero «hasta muy pronto». Luego fui conducida a mi urbanización. Al llegar al puesto de control desde el que había pedido ir sola hasta mi casa, el militar al volante me saludó cortésmente y dijo:

—No vuelvan a cometer la temeridad de conducir solas por ahí. En este país hay muy buena gente, pero también mucho desalmado para el que ustedes son presa fácil.

Le di las gracias repetidas veces y luego enfilé mi camino hacia Las Candelas.

La tarde caía plácida sobre los jardines de las casas vecinas. Ya vislumbraba mi hogar, donde ansiaba echarme en brazos de Rosita, cuando un coche reluciente en la puerta llamó mi atención.

«No puede ser…», me dije sin aliento.

Donde se halla el templo

El Jaguar azul metalizado aguardaba pacientemente frente a la puerta de Las Candelas. Antes de que pudiera entrar en casa a dejar mi equipaje, la ventanilla se bajó y el rostro sonriente de Anthony me hizo sentir exultante.

—Feliz regreso a la vida —me dijo—. Aquí todo el mundo está al corriente de vuestra aventura.

—Pero... —No podía creer lo que estaba viendo—. ¿Qué haces aquí? Creí que estabas en California cuidando de tu hermano.

—Ha habido un cambio de planes.

En aquel momento, una cabeza pelirroja emergió desde el asiento del copiloto, y en un español macarrónico dijo:

—El hermano es aquí.

—Entonces tú eres... —musité.

—Leonard. *Nice to meet you* —dijo antes de cuchichear algo al oído de su hermano.

Pude entender que le había dicho en inglés algo como «no me habías dicho que era tan guapa» y, de inmediato, sentí que el rubor acudía a mis mejillas.

A continuación los dos salieron del coche, y me di cuenta de la semejanza que había entre ellos.

Leonard se apartó discretamente.mientras Anthony me estrechaba muy fuerte entre sus brazos.

—Daré gracias al cielo cada día de mi vida porque has regresado sana y salva.

—No puedo imaginar un regreso más afortunado... —suspiré mientras apoyaba la cabeza en su hombro—. ¿Cómo es que habéis venido de visita tan pronto?

—Esto no es una visita, querida. He venido para quedarme. —La voz le tembló de emoción—. Y mi hermano está encantado de venir a vivir aquí conmigo. Necesitaba un cambio de aires.

Me aparté un instante de Anthony para mirarle, y Leonard me saludó levantando la mano tímidamente.

—Es una persona maravillosa, te darás cuenta a medida que lo vayas conociendo —dijo Anthony y, cambiando de tema, añadió—: Por cierto, ¿el susto que nos has dado ha servido al menos para que encontraras el Templo del Corazón?

Aquella pregunta súbita me hizo reír. Anthony me miró con extrañeza antes de que, señalándome el pecho, le confesara:

—Sí, me ha servido para comprender que siempre ha estado conmigo, que llevamos ese templo allá donde vamos. Así que no es necesario buscar más.

Mirando a su hermano, concluí:

—Creo que tú también has encontrado el tuyo.

Como respuesta, Anthony me tomó de nuevo en sus brazos.

—Te quiero, Patricia. He venido a buscarte para que sepas que estoy listo para amarte sin límites —dijo antes de besarme como nunca nadie lo había hecho.

Epílogo:
Un nuevo amanecer

Los primeros rayos de la mañana bailaban sobre las olas como destellos mágicos. A aquella hora temprana, un surfero cabalgaba sobre las aguas con la pericia de quien tiene alas en los pies. Levanté la mano para llamar su atención y Leonard me devolvió el saludo.

Luego volví al interior de la cabaña, donde Anthony dormía plácidamente tras una noche de amor y conversaciones sin fin. Me senté en una silla a contemplarle, pues jamás me cansaría de mirarlo, mientras me llevaba las manos al vientre cada vez más prominente.

En unos días sabríamos si sería un niño o una niña lo que había que sumar a la belleza del mundo y agrandar nuestra familia.

Para entretener la espera y dejar que Rosita preparara a su manera la habitación del bebé en Las Candelas, habíamos decidido pasar unos días en Mazunte, para que Leonard pudiera conocerlo. Desde que estaba en México con nosotros, el hermano de Anthony había hecho un progreso espectacular. Los altibajos emocionales habían dado paso a una serenidad que él atribuía al hecho de haber encontrado una verdadera familia en nosotros.

—Cada noche cuento los días que faltan para ver a mi sobrina —nos había dicho, ilusionado, la tarde anterior—. Porque estoy seguro de que será una niña.

Tras recordar con cariño aquel comentario, me tendí en la cama y tomé la mano de Anthony, que murmuró algo incomprensible entre sueños mientras esbozaba una sonrisa.

Cerré los ojos, tratando de retener aquella imagen que era la definición de la felicidad. El rumor de las olas se fundía armónicamente con los latidos de mi corazón, como un tambor que llama a la devoción en un santuario que siempre había estado ahí, pero que había tardado media vida en descubrir.

«Cuando encuentras el Templo del Corazón y empiezas a amarte a ti misma», me dije antes de abandonarme al sueño, «cada día es el mejor día de tu vida».

*«Un sueño que sueñas solo
es solo un sueño.
Un sueño que sueñas con alguien
es ya realidad.»*

John Lennon

ANEXO

Los 10 pasos para reencontrar el amor

Primer paso:

Deja de llorar

El primer paso para superar cualquier momento difícil es dejar de llorar. Cuando se ha llorado el tiempo suficiente, una vez se han desahogado las penas, es importante dejar las lágrimas atrás.

Es cierto que hay penas que parecen incurables y que algunos momentos duros cambian nuestra vida para siempre, pero también es verdad que esas situaciones han sido importantes en un pasado que puedes dejar en el camino, como un equipaje que ya no necesitas. La pérdida de un ser querido, un abandono, quedarse sin un empleo muy necesario... Sin duda, todo eso puede ser muy importante para ti, pero si no dejas atrás esas penas y detienes el llanto, nunca podrás recuperar tu poder y retomar las riendas de tu vida.

Lo primero que debes hacer es relativizar aquello que ya no tienes. Si has perdido a alguien, céntrate en los buenos recuerdos. Si te han abandonado, convéncete de que no vale la pena sufrir por quien no te quiere bien. Y si lo que has perdido es un empleo o un hogar, en ese caso ten claro que ese era el paso necesario para encontrar un futuro más radiante.

Para dejar de llorar, que es el primer paso hacia la felicidad, debes cambiar los recuerdos que te llevan de la nostalgia y la tristeza al dolor y la rabia. En vez de odiar y compadecerte, cultiva en tu mente otros pensamientos que te empoderen, que te aporten las herramientas para encontrar el ánimo y la ilusión para reconstruir tu vida a tu manera.

Una técnica para romper con los malos pensamientos que te hunden más en la pena es crear mantras que sustituyan a las ideas anteriores.

Algunos ejemplos son:

* No voy a llorar más por alguien que no me valora.
* No voy a llorar más por alguien que me ha dejado por otra.
* No voy a llorar más por alguien que no valora la familia.
* No voy a llorar más por alguien que en estos momentos está pasándolo bien con otra.

Y para otras situaciones de la vida:

* No voy a hundirme porque esa persona amada no lo querría.
* No voy a añorar un trabajo en el que no me valoran.
* No voy a sufrir por quien no se preocupa por mí.
* No voy a derramar más lágrimas por algo que ya quedó atrás.

Escribir esas frases y releerlas o recitarlas cuando te sientas mal puede ayudarte a salir de la tristeza y el llanto.

Cada vez que te sientas mal, repítete la frase que has escrito y mantén ese pensamiento en la mente. De esa forma alejarás la tristeza y te insuflarás un ánimo que solo tú misma puedes proporcionarte. Y así, poco a poco, sentirás que el poder y la energía regresan a ti.

Hay que asumir la situación para poder cambiarla.

Mientras desempeñes el papel de víctima, las cosas no cambiarán.

Debes dejar de compadecerte, y cambiar las lágrimas por decisiones que te lleven a vivir la vida que mereces.

Si cultivas esos pensamientos positivos cada vez que te sientas triste, verás como tu ánimo irá mejorando día a día. Y ya no se te correrá el rímel.

Segundo paso:

Cuida tu aspecto

El segundo paso para la recuperación, tras un suceso complicado o traumático, tiene que ver más con tu parte física: cuidar tu aspecto.

Es importante recordar, pese a que estés pasando momentos duros, que tu cuerpo necesita nutrirse para mantenerse fuerte. Un cuerpo sano te ayudará a recuperar el equilibrio con más facilidad, y evitar el agotamiento y la debilidad será clave para recuperar el ánimo.

Pero, aunque comer bien es vital para recuperar la salud, no se trata tan solo de eso. Para salir del pozo, también es muy importante volver a ocuparse del aspecto físico.

Es habitual que, cuando nos sentimos traicionados o sumidos en la pena, descuidemos nuestra apariencia exterior. Estamos tan centrados en nuestras emociones que nuestra parte física queda en el olvido.

Cuando alguien tiene el mal de la tristeza, especialmente si ha sufrido un desengaño amoroso, puede pasarse días e incluso semanas sin mirarse en el espejo. Hay quien incluso deja de ducharse y se dedica a vagar por casa como un alma en pena.

Este comportamiento no es del todo extraño, ya que es fácil que dejemos de prestarnos atención si nos convencemos de que no somos dignos del amor de otros. Si los demás no nos quieren, ¿para qué molestarnos en sacarnos partido? Pero con este tipo de pensamientos ocupando nuestra mente, dejamos de gustarnos a nosotros mismos. De esa forma perdemos la motivación necesaria para arreglarnos, e incluso para asearnos.

Por eso, después de llorar, el segundo paso para volver a encontrar la felicidad es recordarte que debes cuidarte físicamente. En lugar de abandonarte, debes ser capaz de volver a mirarte en el espejo y admirar tu propia imagen como mereces.

Es clave hacerte a la idea de que, para poder gustar a los demás, debes gustarte primero a ti misma. Y no lo conseguirás si no te mimas y te tratas con el amor necesario.

Así que, una vez hayas dejado de llorar, tienes que empezar a cuidarte de nuevo. Algunas ideas para recuperar tu autoestima a través del cuerpo:

- Hidratar tu piel y tu pelo para que recuperen su fuerza y su brillo.
- Tonificar tu cuerpo y mejorar tu flexibilidad para sentirte más joven.
- Escoger la ropa desenfadada antes que la formal, y los colores vivos antes que los grises y negros.
- Someterte a un cambio de *look*.

Cualquier idea es buena siempre que te ayude a sentirte mejor con tu imagen y tu cuerpo. El objetivo es que, al mirarte en el espejo, puedas estar orgullosa de ti misma y te des cuenta de lo mucho que vales.

Cuando te sientas bien y te quieras como mereces, serás capaz de vibrar en una frecuencia de armonía y bienestar. Estarás alineada con la frecuencia vibratoria del universo y entonces, al fin, podrás abrirte al mundo y a los demás desde una posición que no te convierta en una víctima nunca más.

Tercer paso:

Encuentra a tu guía

El tercer paso para reconectar con tu bienestar tiene que ver con el camino que seguirás a partir de ahora. Una vez has dejado de llorar y has vuelto a cuidar tu aspecto físico, tienes que encontrar respuesta a las preguntas que te hacen dudar y que te mantienen anclada en ese estado de duda y tristeza que te bloquea y limita tu avance hacia la felicidad.

Cuando no conocemos el camino hacia un lugar, es habitual que recurramos a la ayuda de un guía que determine cuáles son nuestras opciones para llegar a nuestro destino. De la misma forma, también podemos acudir a un guía para encontrar la salida cuando hemos perdido nuestro rumbo espiritual.

En estos casos, es habitual que acudamos a terapeutas, psicólogos e incluso parientes o buenos amigos. Pero el verdadero guía, el que más lejos podrá llevarnos, se halla en nuestro interior.

Algunos lo llaman dios, otros lo denominan ángel de la guarda, hay quien lo conoce como guía interior, conciencia… El nombre que le pongas no importa mientras sepas identificarlo: es algo que vive dentro de ti misma y que atenderá gustosamente a las peticiones que le hagas.

Conectar con el guía interior, sin embargo, no siempre es fácil. Muchas veces estamos tan contaminados por nuestros pensamientos que no podemos hallarlo. Y por eso puede ayudarnos recurrir a él cuando nuestra conciencia está en paz.

Para hacer tus peticiones al guía interior, puedes recurrir a tus sueños siguiendo la pauta que te describo a continuación:

1. Cada noche, antes de acostarte, escribe en una libreta o un diario a esa entidad superior.
2. Según la preocupación que tengas ese día, pídele por escrito que te envíe una solución que te inspire para resolver las situaciones que estés viviendo.

Si no sabes exactamente qué quieres preguntar o no tienes claro cómo hacerlo, empieza contactando con tu guía para solicitarle la ayuda que te pueda dar. Por ejemplo, puedes escribirle:

«Querido guía, me gustaría conectar contigo y recibir respuesta a mis preguntas para actuar de la mejor manera posible y superar esta situación, de modo que la solución sea para el mayor bien de todas las personas implicadas».

3. Luego cierra la libreta o el diario, y déjalo cerca de la cabecera de la cama.
4. Ve a dormir confiando en que las respuestas van a llegar.
5. Cuando despiertes a la mañana siguiente, siéntate en la cama y escucha tus pensamientos e intuiciones.

En caso de que no tengas enseguida la respuesta, sigue pensando en ello a lo largo de la jornada.

Debes tener en cuenta que, a veces, tu guía te dará las pistas para que tú misma encuentres la respuesta. Por eso debes hacer caso a tu instinto, y prestar atención a las revelaciones que crucen por tu mente en todo momento.

Si confías plenamente en que tu guía trabaja continuamente para hacerte llegar las respuestas que necesitas, te darás cuenta de que en tu interior habitan las claves para salir de la tristeza y crear un futuro mejor.

Cuarto paso:

Perdona y mantén tu mente libre de críticas

A estas alturas del camino podemos hablar ya de liberación más que de recuperación, porque ya has dejado de llorar con el primer paso, has cuidado de tu físico con el segundo, y has aclarado tus ideas con el tercero. Así que ahora, al fin, puedes centrarte en construir tu nuevo presente y el futuro que quieres.

Para alcanzar ese bienestar que buscas, el cuarto paso es aprender a indultar las culpas.

Perdonar es una acción clave en cualquier proceso de liberación respecto a una situación o una persona. Significa dejar atrás la rabia, los resentimientos, el odio y los deseos de venganza, y avanzar con la mente y el corazón en calma.

Sin embargo, debes tener en cuenta que no es un paso fácil. Puede parecer muy difícil perdonar a una persona que te ha abandonado, a las circunstancias que se la han llevado o a la situación que ha hecho que te sientas desdichada. No es fácil perdonar, en realidad, cuando nos sentimos heridos o traicionados.

Pero, si te mantienes en la rabia, el dolor nunca desaparecerá.

Para poder realizar este proceso de cambio es necesario sustituir los pensamientos de condena por los de perdón. Así conseguirás nutrir tu espíritu, porque, cuando el ánimo sea diferente, verás la situación desde una nueva perspectiva.

Si condenas a la persona o a la situación que te ha dañado, las cosas empeorarán para ti y no conocerás el descanso. Aún peor, serás la única que salga perdiendo, porque seguramente el otro ni siquiera sentirá el rencor que le estás guardando.

En cambio, si sustituyes la acusación y el rencor por el perdón y la benevolencia, la situación se transformará para tu propio bien y el de todos los implicados.

Cuando se echa leña al fuego, este arde con más fuerza. Y lo mismo sucede con los pensamientos de odio y rencor que te entorpecen. Lo peor, además, es que el humo no te dejará ver las cosas buenas que aún hay en tu vida.

Pero si dejas de regodearte en el rencor y no lo alimentas, las llamas se irán extinguiendo poco a poco hasta que tan solo queden las brasas.

Por eso, cuando acudan a tu mente pensamientos de condena o de crítica, sustitúyelos por otros de perdón. Aunque cueste.

Para lograrlo, igual que hiciste en el paso tres, puedes valerte de un cuaderno donde anotar la condena que estás pensando y, a su lado, tu mantra de perdón.

Algunas frases que puedes utilizar para bloquear los malos pensamientos son:

- Te perdono y te deseo lo mejor.
- Dejo de juzgarte y te envío mi benevolencia.
- Confío en que también para ti haya redención, porque todas las personas la merecen.
- Espero que tengas una vida maravillosa, igual que yo.

Si escribes tu frase de perdón setenta veces al día durante siete días, quedará integrada en tu mente. De esa forma, habrás aprendido a perdonar incluso a tu peor enemigo y estarás preparada para recibir las cosas buenas que llegarán a partir de ahora.

Quinto paso:

Practica el poder de la gratitud

En este punto de tu trabajo interior, ya eres capaz de recuperar tu poder y tu amor propio, y has aprendido a perdonar a quien te ha hecho daño. Ahora ha llegado el momento de recuperar los recuerdos bonitos de tu vida, para que puedas dejar marchar los malos.

El quinto paso para la liberación es el que tiene como objetivo transformarte a través del agradecimiento.

Cuando hemos sufrido, es habitual que en nuestra mente solo podamos ver una de las caras de la moneda: la que tiene todas las traiciones, el dolor y el sufrimiento. Pero de esa forma nos olvidamos de la otra cara, la que nos recuerda que también hemos vivido momentos buenos.

Si te centras solo en tus malas experiencias, te parecerá que tu vida ha sido un compendio de tormentos que te convierte en víctima de una tragedia griega. Por eso, aunque sea difícil, lo que debes hacer es darle la vuelta a la moneda y observar con detalle lo que te ofrece su cara más buena.

Para llevar a cabo este proceso, de nuevo puedes valerte de tu cuaderno fiel. Haciendo memoria, anotarás todas las cosas buenas que hayas vivido con la persona que te ha hecho daño o en la situación que te ha llevado a sumirte en la tristeza.

Así, en vez de dar acogida al odio y la frustración, los remplazarás por la poderosa energía del agradecimiento.

Una vez empieces este proceso, te darás cuenta de que, probablemente, son muchos los buenos momentos vividos. Recordarás tiempos de alegría, de felicidad, de seguridad y de cariño.

Aunque será un proceso agridulce, pues te hará ver lo que has perdido, lo importante es que te recordará que eres capaz de vivir cosas bonitas y entrañables.

Y, por eso, también anotarás las importantes conclusiones que saques de tus recuerdos agradables. Por ejemplo:

- Puedo ser feliz y aportar alegría a mi entorno.
- Puedo amar y ser amada.
- Puedo confiar y ofrecer confianza.
- Puedo reír y despertar las carcajadas de otros.
- Puedo disfrutar de la vida y vivir con alegría cada segundo.

La energía del agradecimiento es muy poderosa y transformadora. Cuando la practicas, tu vida cambia y empiezan a suceder cosas hermosas a tu alrededor. Cosas que te hacen sentir más y más agradecimiento.

El universo está regido por leyes cósmicas y por principios vitales que son el manual de instrucciones para ser feliz y vivir bien en nuestro planeta. Pero es a nosotros, a los seres humanos, a quienes nos corresponde aplicarlos para solucionar y mejorar nuestra vida. El universo siempre premia a quien sabe agradecer lo que le es dado.

Así pues, anota en tu libreta todas las cosas buenas de las que seas capaz de acordarte.

De ese modo, cuando las vayas escribiendo, entrarás en el milagroso campo de acción de la energía de la gratitud y te sentirás muchísimo mejor.

Sexto paso:

Enamórate de ti

El sexto paso para alcanzar esa liberación que te devuelva a un estado armónico de felicidad y alegría es recuperar el amor más importante que hay en el mundo: el amor propio. Por tanto, vas a enamorarte de ti misma.

Una vez has cuidado de ti y de tu cuerpo, ahora que has dado paz a tu espíritu para vibrar con la armonía del universo, ha llegado el momento de descubrir el ser tan fantástico que reside en tu interior.

Recuperar el amor propio no siempre es fácil, especialmente cuando alguien nos ha despreciado y nos ha hecho sentir que no merecemos que nos quieran. Sin embargo, como hemos dicho antes, el primer paso para lograr el afecto ajeno es sentir ese afecto y cariño nosotros primero.

¿Y cómo puedes recuperar ese amor tan importante? Pues cuidándote y mimándote para demostrarte que eres lo más importante del mundo para ti. Nadie va a hacerlo mejor. Si no te enamoras de ti misma, los demás tampoco lo harán.

Si no dejas de pensar en lo mucho que te han traicionado, o lo poco que mereces el respeto de los demás, los que te rodean te verán de esa misma forma.

El mundo es un espejo: reflejará aquello mismo que nosotros proyectamos. Y, para conseguirlo, podemos escribir o repetirnos los mantras que siguen a continuación:

- Si quiero recibir amor, tengo que proyectar amor.
- Si quiero recibir cariño, tengo que reflejar cariño por mí misma.

- Si quiero que la gente me valore, tengo que valorarme yo primero.
- Si quiero recibir cosas buenas, debo ser consciente de que las merez-co.

Si te sientes débil, la gente te verá débil. Pero si te consideras fuerte, amorosa y digna de cariño, los demás también te verán así.

Así que lo que tienes que hacer es retomar tu cuaderno donde lo dejaste en el paso cinco, y redactar ahora todas las virtudes que tienes y que te permitirán enamorarte nuevamente de ti misma. Sin pudor, sin exceso de humildad, sin culpa... toma conciencia de tus mejores atributos.

De esa forma, una vez redescubras que eres divertida, cariñosa, leal, valiente, solidaria o creativa, solo tendrás que potenciar esas cualidades y mostrárselas al mundo.

Una vez te ames y te aceptes tal y como eres, te liberarás de las creencias limitadoras que te mantenían anclada al sufrimiento, la pena y el victimismo. Ponte ya en el pedestal que mereces.

Séptimo paso:

Sonríe al universo, y el universo te sonreirá a ti

El séptimo paso consiste en ofrecerle al mundo, desde el amor y la alegría, todas las cualidades que has recordado que posees. Porque cuando sonrías al universo, él te regalará esa sonrisa de vuelta.

Sin embargo, no siempre es fácil sonreír, especialmente cuando sufrimos y estamos saliendo de una situación traumática. Es difícil olvidar que queremos llorar para obligarnos a sonreír.

Pero no olvides que todos estamos conectados y vibramos con todo aquello que nos rodea. Puesto que el universo es un reflejo de lo que eres, puedes cambiar las cosas que te pasan si primero cambias tú misma por dentro y por fuera.

Aunque hayas recordado que eres digna del amor de los demás, es posible que las situaciones que has vivido te hagan sentirte en peligro. Puede ser que te hayas vuelto blanda y maleable como la zanahoria del cuento o dura e impenetrable como el huevo.

Pero si deseas cambiar esta dinámica, si quieres sacar lo mejor de todas las situaciones y crear un nuevo presente y un futuro lleno de felicidad, debes cambiar primero tu propia actitud y abrirte de nuevo al mundo con coraje y serenidad, y una gran sonrisa.

Una de las formas más sencillas y eficaces para recuperar la alegría y la salud emocional para abrir puertas al mundo y las cosas maravillosas que van a sucederte es sonreír.

Varios estudios científicos han demostrado que el cerebro, que actúa como procesador central de información, percibe como una señal el movimiento de los músculos faciales que se produce en nuestro rostro al sonreír. Y esta señal le habla al cerebro de bienestar y paz, por lo que segrega las hormonas de la felicidad.

En cambio, si lo que haces es fruncir el ceño y tensar tus músculos, tu cerebro entenderá que las cosas van mal, y generará los neurotransmisores relacionados con el estrés y la ansiedad. Eso hará que aumente tu malestar.

La ley de la atracción, muy relacionada con la ley del espejo, dice que aquello en lo que te centras es aquello que recibes.

El mundo aparece ante nosotros teñido por nuestro estado de ánimo. Y, precisamente por eso, debes sonreírle y darle lo mejor de ti misma.

Es posible que, al principio, no te resulte fácil sonreír. También es posible que te sientas frívola o incómoda haciéndolo, cuando no te apetece en absoluto.

Pero, como cualquier ejercicio, se hace más fácil con el tiempo. Así que:

• Sonríe al despertarte por la mañana.
• Sonríe cada vez que te mires a un espejo.
• Sonríe cuando encuentres a alguien frente a ti.
• Sonríe ante un suculento plato de comida, y ante un atardecer.
• Sonríe cada vez que sientas que te sobreviene un pensamiento negativo.
• Sonríe recordando tus muchas cualidades.

Si sonríes siempre que puedas, el gesto se volverá cada vez más fácil, porque lo estarás interiorizando. Poco a poco te darás cuenta de que no sonríes para ahuyentar los malos recuerdos, sino porque te apetece estar alegre.

Octavo paso:

Sal al mundo y renueva tus amistades

Ahora que estás preparada para abrirte a las cosas buenas del mundo, lo que tienes que hacer es adentrarte en él y relacionarte con la gente que lo habita. Pero con la gente apropiada, claro está.

Cuando nuestra situación cambia, no es extraño que la gente que nos rodea también lo haga. Hay personas que se distancian y otras que incluso desaparecen, sobre todo cuando hemos dejado una relación y hay amigos que tienen que escoger un bando u otro. Lo mismo puede suceder cuando perdemos a un ser querido que hacía de nexo con las personas de nuestro entorno, o cuando cambiamos de ciudad o de puesto de trabajo.

Pero, en vez de lamentarte por las amistades perdidas o de tratar de forzar relaciones que ya están extintas, debes aceptar que hay ciclos que ya se han acabado. Si lo haces desde una vibración positiva y sonriendo al mundo, verás que esos ciclos se han acabado para dar paso a otros mejores, en concordancia con la persona que eres en este nuevo presente.

Lo que tienes que hacer, por tanto, es salir al mundo y disfrutarlo. Pero ¿cómo hacerlo cuando apenas tienes ánimo? Pues aprovechando las miles de actividades que se ofrecen a tu alrededor:

- Cursos de cocina.
- Grupos de *singles*.
- El coro de la iglesia.
- Asociaciones de voluntarios.
- Clases de baile o pintura.

- Excursiones o viajes en grupo.
- El aprendizaje de un idioma.
- Clubs de lectura o escritura.
- El gimnasio o una zona de *running*.

También puedes aprovechar para rescatar tu antigua agenda de contactos y retomar aquellas amistades que añoras. El objetivo es rodearte de personas que puedan aportar valor a tu vida y a quien tú también puedas aportar algo.

Lo importante es que te des cuenta de cuál es tu lugar ahora. Quizás no está junto a aquellas parejas con las que disfrutabas cuando tú también estabas emparejada, sino con otras personas solteras que puedan disfrutar de la libertad y las aventuras como tú.

No es necesario abarcar grandes planes de entrada, sino que puedes empezar por algo pequeño. Algo que tenga significado para ti o para alguien a quien puedas ayudar o emocionar con tu actos.

Ocupar unas horas a la semana en hacer cosas que te gusten alimentará tu autoestima. Y así, poco a poco, te irás acostumbrando a escucharte y descubrirás qué te gusta y qué se te da bien. Es tu momento de aprender a disfrutar y, en esta etapa de cambio, tienes una maravillosa oportunidad para hacerlo. Puedes reconvertirte en la persona que quieras y escoger a quién incluyes en tu futuro.

Noveno paso:

Evita las quejas y el mirar atrás

En este noveno paso hacia la liberación, evita caer en la tentación de tirar por tierra todo lo que has construido hasta ahora. Porque, ahora que empiezas una vida nueva, es fácil que quieras compararla con la anterior.

Todos sentimos la tentación de hablar de las cosas que nos parece que no están bien en nuestra existencia, especialmente cuando aún nos estamos recuperando de una situación que nos ha hecho daño o que nos ha obligado a cambiar nuestra forma de vivir. Además, es posible que antes no nos sintiéramos aún con fuerzas para hablar de ello y que, ahora que podemos enfrentarlo, necesitemos sacar todo lo que teníamos guardado en nuestro interior.

Es fácil recrearse en las cosas negativas que nos han ocurrido, sobre todo porque nuestra sociedad da mucho protagonismo a la crítica, las calamidades y la negatividad. No hay más que mirar la televisión o leer los periódicos. Parece que en nuestro mundo no sucedan cosas buenas y positivas.

El problema radica en que, como has visto en la ley de la atracción, harás que vengan a ti las cosas en las que más te concentres. Si te dedicas a pensar en la mala persona o la mala situación que te dañó, no podrás librarte de ella. Y si no dejas de hablar de las cosas que están mal, nunca percibirás las cosas que están bien.

Si, por el contrario, te centras en los aspectos positivos del mundo, por esa misma ley, tu vida se convertirá en un imán para atraer todo lo bueno hacia ti.

Así que, para atraer esa felicidad, habla de las cosas buenas que te pasan, comenta cada detalle bueno que te haya ocurrido, piensa en lo que te gusta hacer y recréate en lo positivo de tu existencia. Y en todo lo positivo de las personas que tienes a tu alrededor.

No caigas en la trampa de la parte negativa de tu cerebro. Para evitarlo, puedes hacer una lista en tu cuaderno. Cada vez que te sientas acechada por un pensamiento negativo, busca otro positivo que lo sustituya y anótalo. Por ejemplo:

- Me cobijo entre unas paredes a las que puedo llamar hogar.
- Tengo trabajo y puedo valerme por mí misma.
- Me beneficio de tener salud para disfrutar plenamente de la vida.
- Tengo la suerte de contar con una familia que me quiere.
- Disfruto de amigos leales, que son sinceros conmigo siempre.
- Me quiero a mí misma, ya que para mí soy la persona más importante del mundo.

La clave está en dejar de convocar el pasado doloroso y evitar la queja constante. Cuanto menos te quejes de algo, más pequeño se hará y menos podrá afectarte.

Los seres humanos tienden naturalmente a la perfección. Llevamos esta aspiración muy dentro en nuestro programa de evolución y tenemos la posibilidad de elegir en cada instante de nuestra vida, en cada decisión que tomamos, qué energía y actitud escogemos ante cada situación.

Si escoges la vía del positivismo, te encaminarás hacia un futuro lleno de alegría, amor y bienestar.

Décimo paso:

Utiliza tu imaginación para crearte una vida mejor

El décimo paso de tu camino es el que te llevará a la liberación total. Pero, antes de acometerlo, rememora todo lo que has conseguido hasta ahora.

Primero lograste dejar de llorar y de sentirte supeditada a la persona o la situación que te dañó. Después empezaste a cuidar de tu cuerpo y tu imagen personal, dando el paso necesario para poder centrarte en tu sanación espiritual. Para conseguirlo, contactaste con tu guía interior, y con su ayuda recobraste la capacidad de perdonar.

Deshaciéndote de la tendencia a criticar, aprendiste el poder y la fuerza de la gratitud, que te redescubrió tus mejores aptitudes y habilidades, pudiendo enamorarte de la persona más importante del mundo: tú.

Por último, con esa energía positiva, conseguiste abrirte a la felicidad, sonriendo al universo y escogiendo a las personas que a partir de ahora van a acompañarte. Y, lo más importante, dejaste las quejas de lado y te centraste en las cosas buenas que estaban por llegar a tu nueva existencia.

Ahora, en el último paso, lo que tienes que hacer es crear el mundo en el que quieres vivir a partir de ahora. Sí, crearlo. Porque los humanos tenemos el poder de construir lo que queremos tener a nuestro alrededor.

Cuando estamos pensando en algo, nuestro cerebro no sabe si es realidad o fantasía y, por tanto, lo toma todo seriamente, tanto lo bueno como lo malo.

Así pues, si eres consciente del poder creador de tu mente, puedes utilizar esa creatividad para conseguir lo mejor para ti misma y las personas que se encuentran a tu alrededor.

Para atraer beneficios a tu vida, tienes que pensar en positivo, sin dudas ni inseguridades, desde un estado de benevolencia y tranquilidad.

Para ello, debes tener en cuenta que tu mente retiene todas tus experiencias pasadas y presentes. Según hayan sido tus vivencias, habrás ido asimilando creencias y limitaciones que pueden estar bloqueándote.

Lo que tienes que hacer entonces es coger tu cuaderno y apuntar en él los mantras que te ayuden a potenciar tu creatividad, y a los que acudirás cada vez que te sientas incapaz de acometer tus metas:

- Mi creatividad no tiene límites.
- Puedo escoger cuáles son mis creencias.
- No hay limitaciones que puedan retenerme.
- Estoy en consonancia con el universo y puedo utilizar su energía como herramienta.

Mantener la mente ocupada en pensar siempre lo mejor garantizará que estás utilizando tu poder de la forma más positiva posible. Estarás concentrándote en el amor, el perdón, el agradecimiento y la calma.

Cuando vibres en esa frecuencia energética, estarás conectada con la benevolencia y la abundancia del universo, y tus pensamientos serán siempre los mejores para ti y para tu entorno.

Piensa y haz por los demás lo mismo que te gustaría que pensaran e hicieran por ti, y estarás cultivando las semillas para un futuro lleno de felicidad y alegrías.

Así que no pierdas más tiempo y date cuenta de que tus tragedias te han dado un regalo: ahora estás en el inicio de tu nueva y bella historia, y puedes decidir cómo vas a vivirla.

Agradecimientos

Quiero dar las gracias a todas las personas que me han amado y han compartido partes importantes de su vida conmigo, a mis exparejas JUAN, JUAN CARLOS, GIORGIO y MICHAEL, porque todos han contribuido a mi felicidad y aprendizaje del amor, durante y después de haber mantenido relación con ellos.

Agradezco también a todos mis amigos y amigas que han estado conmigo para celebrar la vida, y también para compartir los momentos más duros. Con su amor y amistad me han dado su apoyo y consuelo. Gracias especialmente a GIOVANNA KOBAO, a BÁRBARA RAPOPORT, a CHRISTIAN MINELLI y a GIORGINA DEL VALLE.

A mi precioso e inspirado amigo y colaborador FRANCESC MIRALLES, ya que sin su inestimable y valiosa ayuda este libro no habría sido posible.

A mi agente literaria SANDRA BRUNA, mujer creativa e intuitiva que ha entrado en mi vida para ayudarme a divulgar mis libros por todo el mundo.

A mis editoras, Esther y Rocío por su ayuda y apoyo en todo momento, a los correctores y a todo el equipo de Urano, esta magnífica editorial, por haber creído y confiado en mí y en *EL TEMPLO DEL CORAZÓN*.

Como siempre, gracias, gracias, gracias a mis preciosos, inteligentes, inspiradores y maestros OSCAR Y ALEX, mis hijos, sin los cuales hoy no sería la mujer que soy.

Gracias también al GRAN AMOR DE MI VIDA, a mi ALMA GEMELA, a quien amo con todo mi cuerpo corazón y alma.

ECOSISTEMA DIGITAL

NUESTRO PUNTO DE ENCUENTRO

www.edicionesurano.com

2 AMABOOK
Disfruta de tu rincón de lectura
y accede a todas nuestras **novedades**
en modo compra.
www.amabook.com

3 SUSCRIBOOKS
El límite lo pones tú,
lectura sin freno,
en modo suscripción.
www.suscribooks.com

**DISFRUTA DE 1 MES
DE LECTURA GRATIS**

1 REDES SOCIALES:
Amplio abanico
de redes para que
participes activamente.

4 APPS Y DESCARGAS
Apps que te
permitirán leer e
interactuar con
otros lectores.

 iOS